G. R. Gemin

Café Morelli

Aus dem Englischen von
Gabriele Haefs

MIX
Papier aus verantwortungsvollen Quellen
FSC® C014496

www.koenigskinder-verlag.de

Originalverlag: Nosy Crow Ltd, London, England
Originaltitel: Sweet Pizza
Umschlaggestaltung und -typografie: Suse Kopp
Umschlagfotografie (Rosenmuster): iStock / innakote
Umschlagfotografie (Espressokanne): iStock / Del_Mar
Bezugsfotografie: Björn Liebchen
Aus dem Englischen von Gabriele Haefs
Lektorat: Maya Geis
Herstellung: Björn Liebchen
Satz: Pinkuin Satz und Datentechnik in der Prinzessinnenstraße in Berlin
Druck: GGP Media GmbH, Pößneck
ISBN: 978-3-551-56043-8
Printed in Germany

Mamma, Barbara und Isabelle
Für all das wunderbare Essen

Eins

Joe liebte Brathähnchen und Pommes, die in Ketchup und Mayonnaise schwammen, vor allem nach einem Tag in der Schule. Wenn es nach ihm ging, gab es einfach nichts Besseres.

Als er jetzt aber mit Combi nach Hause lief, war er schlecht gelaunt. Und es half seiner Laune auch nicht gerade, dass der Himmel bedeckt war und es regnete. Denn in dem Moment, als sie in die Bryn Mawr High Street einbogen, wusste er, dass sein Freund das *Chicken Box* ansteuerte. Vor dem Imbiss konnte er schon Unmengen anderer Kinder stehen sehen.

»Will keine«, sagte er.

»Keine was?«, fragte Combi.

»Keine Hähnchen und Pommes.«

»Warum nicht?«

»Mam sagt, ich darf nicht. Und auch keine Limo mehr.«

»Wieso das denn?«, fragte Combi und blieb am Eingang des Imbisses stehen.

Joe ließ seinen Blick sehnsüchtig über die Kinder um sie herum wandern, wie sie sich über ihre Pappschachteln mit Hähnchen und Pommes hermachten. »Sie meint, ich bin übergewichtig.« Er wartete darauf, dass Combi überrascht reagierte, doch sein Freund starrte ihn nur an. »Macht deine Ma dich deswegen etwa nicht an?«, fragte Joe.

»Wegen was?«

»Übergewicht.«

Combi verzog den Mund. »Hab ich doch gar nicht.«

Einen Moment lang dachte Joe, das sollte ein Witz sein. »Du bist doch genauso dick wie ich.«

»Aber bei mir stimmen die Verhältnisse«, erklärte Combi und betrat das *Chicken Box.*

Was denn für Verhältnisse?, fragte sich Joe verdutzt.

Er hatte eigentlich gehofft, Combi werde sich wie ein echter Freund verhalten und aus Solidarität ebenfalls verzichten. Umso mehr fühlte er sich jetzt im Stich gelassen. Während er draußen auf Combi wartete, trommelte ihm der Regen auf die Kapuze, und er wünschte, er hätte einen Regenschirm dabei – egal, wie uncool das sein mochte. Der Lärm der anderen um ihn herum schien immer lauter zu werden, er erinnerte ihn an Hyänen, die sich über ein Gnu hermachten, und von dem starken Hähnchengeruch lief ihm das Wasser im Munde zusammen.

Da tauchte Combi mit einem *Chicken Box*-Deal in der Hand wieder auf und baute sich damit genau vor Joe auf.

»Na los, greif zu«, sagte er mit von Ketchup verschmiertem Mund. »Ich sags auch nicht weiter.«

Joe warf einen Blick die High Street entlang zum *Café Morelli* hinüber. Und dann einen auf Hähnchen und Pommes, die rasch immer weniger wurden.

Er schluckte.

»Das müssen wir alles aufhaben, bevor wir zum Café gehen.«

Zwei

Als Joe und Combi das *Café Morelli* betraten, stand Joes Mam hinter dem Tresen und starrte aus dem Fenster.

»Hallo, Mam«, sagte er.

»Hallo, mein Lieber.« Sie blinzelte und schnupperte in der Luft. »Rieche ich da etwa Hähnchen und Pommes?«

»Das waren meine«, sagte Combi. »Joe hat nichts davon gegessen. Echt nicht, Mrs Davis.«

»Das war ja gar nicht meine Frage ...« Sie schaute zu Joe hinüber, der sich die Lippen leckte. »Na, dann musst du jetzt ja Hunger haben.«

»Ja.«

»Wie gut«, sagte seine Mam und zog einen Teller aus der Glasvitrine. »Ich hab dir Thunfischsalat gemacht, mit ganz viel Gurken.«

»Danke«, murmelte Joe.

»Kann ich eine Cola haben, bitte, Mrs Davis?«, fragte Combi.

»Mit Glas?«

»Nein, danke.«

Als Joes Mam ihnen den Rücken zudrehte, um eine Cola aus dem Kühlschrank zu nehmen, versetzte Joe seinem Freund einen Stoß in die Rippen und runzelte die Stirn.

Was?, formte Combi mit den Lippen.

Cola!, gab Joe lautlos zurück, gerade als seine Mam sich wieder umdrehte und geräuschvoll die Cola auf den Tresen stellte.

»Und du, Joe? Ein Glas Wasser?«, fragte sie.

»Bitte«, sagte er und rang sich ein Lächeln ab.

Seine Mam drückte ihm ein Glas Wasser in die Hand und er setzte sich mit Combi in eine Nische.

Das *Café Morelli* hatte schon bessere Zeiten erlebt. Die Wandverkleidung aus Resopal war schmutzig und hatte an einigen Stellen Risse, die roten Kunstledersitze waren abgenutzt und überall mit Klebeband geflickt, und der Bodenbelag aus Vinyl löste sich bereits an mehreren Stellen. Es schien alles schon seit Längerem vernachlässigt worden zu sein.

Eine Rentnerin, die an einem der anderen Tische saß, reckte den Hals. »Joe! Kannst du mal für mich schauen, ob der Bus kommt?«

Joe beugte sich zum Fenster vor und warf einen Blick auf die Straße. »Noch nicht, Gwen.«

»Ach je! Und das, wo ich doch so dringend nach Haus will«, sagte sie. »Meine Füße sind ganz geschwollen, fast doppelt so groß wie sonst, und ich darf auf keinen Fall zu spät zur Sendung vom *Fernsehflohmarkt* kommen.«

Joe wandte sich wieder seinem Freund zu und beobachtete, wie dessen Adamsapfel auf und ab hüpfte, als er seine Cola runterkippte und dann den Atem anhielt. »Von Hähnchen und Pommes krieg ich immer so Durst.«

»Echt?« Joe stocherte in seinem Salat herum. Da wurde seine Aufmerksamkeit von Vaughan abgelenkt, dem einzigen anderen Gast im Café. Vaughan hatte einen überraschten Ausdruck im Gesicht und den Mund offen stehen, während er sich unterm Arm kratzte.

»Hey, Joe«, rief er. »Hab eben schon zu deiner Ma gesagt – du kannst dich tatsächlich nicht selbst kitzeln.«

Joe sah zu seiner Mam hinüber, und die verdrehte die Augen.

»Jemand anders kann dich kitzeln«, sagte Vaughan, »aber dich selbst kitzeln, das geht nicht. Versuchs mal. Los!«

»Das glaub ich dir auch so«, sagte Joe.

Er bemerkte, wie Combi sich die Hand in die Achselhöhle schob. »Stimmt«, sagte sein Freund dann, ließ sich in den Sitz zurücksinken und nuckelte weiter an seiner Cola.

»Schau mal da!«, sagte Joe.

Combi hörte auf zu trinken, und genau das hatte Joe beabsichtigt. Er zeigte auf eine eingerahmte Zeitungsseite an der Wand. »Wir haben den Artikel über Nonno aufgehängt.«

»Schon gesehen«, sagte Combi.

»Aber noch nicht an der Wand, oder?«, sagte Joe. »Wir haben ihn nämlich erst heute Morgen dort aufgehängt.«

»Ich kenn den Artikel trotzdem – geht um deinen Opa, als er neunzig geworden ist.«

»Gut, was?«, fragte Vaughan. *»Beppe Morelli – der letzte echte italienische Cafébesitzer in Wales«*, las er vor. »Bin stolz, ihn zu kennen. Ja, das bin ich.«

Joe drehte sich um und lächelte. Dann zeigte er auf ein Schwarz-Weiß-Foto neben dem Artikel. »Und das da ist mein Nonno vor genau diesem Café ...«

»Neunzehnhundertdreiundfünfzig«, fiel Combi ihm ins Wort. »Ich weiß, ich weiß.«

Joe wollte gerade etwas erwidern, da zeigte Combi auf ein anderes Foto. »Und das ist das Café in dem Jahr, in dem es eröffnet wurde – neunzehnhundertneunundzwanzig«, sagte er. »Mit deinem Uropa, Vito Morelli, davor. Siehste? Ich weiß bestens Bescheid.«

»Machst du dich über mich lustig?«, fragte Joe.

Combi zog die Nase kraus. »Nö.«

»Wieso soll ich nicht stolz auf meine italienischen Wurzeln sein?«

»Weil du Waliser bist.«

»Ich bin Italiener!«

»Waliser!«

»Dann bist du also auch kein Afro-Karibe?«, fragte Joe.

»Ich bin Waliser«, sagte Combi. »Und Afro-Karibe durch meinen Vater. Nur rede ich da eben nicht dauernd drüber. Du dagegen ...« Er ließ seine Stimme ganz quengelig klingen. *»Oh, ich würde viel lieber Joe Morelli heißen und nicht Joe Davis! Das klingt ja sooo viel besser …«*

Joe versetzte ihm unter dem Tisch einen Tritt.

»Hast du das wirklich gesagt?«, fragte Joes Mam.

»Weiß nicht mehr«, sagte Joe und starrte Combi an.

»Nun, dann bitte ich vielmals um Entschuldigung, dass ich dich nicht um Rat gefragt habe, in welche Familie ich einheiraten sollte, Joe«, sagte sie. »Aber da warst du noch nicht geboren.«

»Morelli ist allerdings ein wunderschöner Name«, sagte Gwen. »Das muss man zugeben.«

Joe lächelte, dann fing er den Blick seiner Mam auf.

»Ich habe übrigens gesehen, dass es im Gemeindezentrum einen Taekwondo-Kurs gibt«, sagte sie. »Soll ich dich anmelden, Joe?«

Combi hörte zu trinken auf und schaute zu Joe.

»Ach, Mam! Wozu das denn?«

»Damit du fit wirst.«

»Von Taekwondo doch nicht.«

»Warum nicht?«

Joe wollte einfach kein vernünftiger Grund einfallen.

»Ich hab gehört, dass jemand beim Taekwondo gestorben ist«, sprang Combi ein.

Joe nickte seinem Freund zu. »Siehste, Mam!«

Joes Mam schnalzte verärgert mit der Zunge. Combi hielt Joe die Coladose hin, sozusagen als Friedensangebot. »Einen Schluck?«

Joe versetzte ihm unter dem Tisch noch einen Tritt. »Nein danke, Combi«, sagte er laut und schielte zu seiner Mam hinüber. »Ist doch purer Zucker. Außerdem gibt es da einen Interessenkonflikt.«

»Einen Interessenkonflikt? Wieso das?«

»Na, hör mal! Ich kann nicht einem Gast eine Cola verkaufen und dann selber davon trinken!«

»Deine Mam hat sie mir doch verkauft.«

»Ja, aber es ist mein Café, Combi.«

»Oh ja, und es ist eine wahre Goldgrube«, fügte seine Mam hinzu, den Blick wieder auf die High Street hinaus gerichtet.

»Willst du jetzt das Café schlechtmachen, Mam?«, fragte Joe, aber ehe sie antworten konnte, wurde die Tür hinter dem Tresen geöffnet und Joes Opa trat herein.

»Hallo, Nonno!«, rief Joe.

»Hallo, Mr Morelli«, sagten Gwen und Vaughan. Combi hob zum Gruß seine Coladose.

Nonno lächelte und nickte seinen treuen Gästen zu. Er war groß und seine Stimme tief und sanft. »Ich mach mal eine *passeggiata*, Lucia.«

»Okay«, sagte Joes Mam.

Joe begleitete Nonno immer auf diesem Spaziergang. Er sah zu, wie sein Großvater den Mantel zuknöpfte, sich sorgfältig einen Schal unter dem Kragen durchzog und mit den Fingerspitzen über die Krempe seines Filzhutes fuhr.

»Bis morgen dann, Combi«, verabschiedete Joe sich von seinem Freund. »Oder – als Italiener sollte ich wohl besser *a domani* sagen.«

»Was ist mit deinem Salat?«, fragte seine Mam.

»Den ess ich später«, sagte Joe.

Als er mit Nonno das Café verließ, konnte Joe der Versuchung nicht widerstehen, sich noch einmal zu Combi umzudrehen, der auf ihn zeigte und ihm ein »Waliser, das bist du!« hinterherbrüllte.

Da sah Joe, dass der Bus auf die High Street einbog.

»Gwen«, rief er und klopfte an das Caféfenster. »Der Bus!«

Und er winkte dem Fahrer, damit er anhielt, während Gwen eilig ihre Nische im Café verließ.

Drei

»Niemand macht hier die *passeggiata*, was, Nonno?«, fragte Joe, als sie die Straße entlangspazierten. »Schon gar nicht, wenn es regnet.«

Nonno schüttelte den Kopf. »Nur wir.«

Mit acht war Joe einmal in Italien gewesen. Er erinnerte sich nicht mehr deutlich daran, aber er wusste noch, wie Nonno ihm das mit der *passeggiata* erklärt hatte – dass die Menschen gern am späten Nachmittag durch den Ortskern schlenderten, sogar im Winter.

»Ich sehe gern, wie die Leute umherspazieren und miteinander reden«, sagte Nonno. »Sozusagen als Abschluss des Tages. Außerdem bekommt man das Gefühl, dazuzugehören.«

»Ja«, sagte Joe, obwohl er nicht so ganz wusste, was sein Großvater meinte. »Die Waliser sind Italiener im Regen«, fügte er hinzu. Das war ein alter Spruch, und er wusste, dass er Nonno damit zum Lächeln bringen würde. Der Wind war mittlerweile stärker geworden, doch das konnte sie nicht aufhalten.

»Machst gerade deinen Verdauungsspaziergang, Beppe, was?«, fragte Mr Lewis, der Metzger, als er an ihnen vorübereilte.

Joe fand es schön, dass er den gleichen Namen hatte wie sein Großvater. Nur: »Wenn ›Beppe‹ Italienisch für ›Joe‹ ist, wieso heiße ich dann Joe und nicht Beppe, Nonno?«

Nonnos Mundwinkel zogen sich nach unten. »Deine Mam meinte, ›Joe‹ wäre besser, wo du doch einen walisischen Nachnamen hast.«

Joe fühlte sich ein bisschen schuldig, weil seine Mam jetzt wusste, dass er lieber »Morelli« heißen würde.

So gingen sie noch ein Stückchen weiter, bis Nonno mit einem Mal stehen blieb. »Deine Mam wird verkaufen, Joe.«

»Endgültig?«

Nonno ließ seinen Blick die Straße hinunterwandern und deutete ein Nicken an. »Sie hat den Makler angerufen«, sagte er. »Vielleicht ist es einfach an der Zeit.«

»Ich verstehe nicht, wieso«, sagte Joe.

»Na, schau ...« Nonno zeigte zu den Läden auf der anderen Straßenseite. »Es ist doch schrecklich, Joe. Hier gab es früher lauter Geschäfte. Hier war Leben. Nur ist das ewig her. Da, wo früher das alte Bracchi-Café war, ist jetzt ein Wettbüro ... Die Leute bleiben einfach nicht mehr lange, wenn sie in die High Street kommen.«

Joe sah sich die verbliebenen Läden an: das Wettbüro, den Metzger, die verschiedenen Imbisse wie das *Chicken Box*, den Supermarkt mit dem Postamt und Mr Malewskis *Emporium.* Alle anderen Läden hatten mittlerweile dichtgemacht.

»Bei Malewski ist immer viel los«, sagte Joe, als sie vor dem Laden haltmachten, in dem Waren aus Osteuropa verkauft wurden. Mr Malewski winkte ihnen durch das Fenster zu und Nonno winkte zurück. »Ein netter Mann. Und ein gutes Geschäft.«

»Mam sagt, die Osteuropäer reißen die Stadt an sich«, sagte Joe.

»Sie kommen her und arbeiten hart«, sagte Nonno. »Genau wie damals mein Papà.«

Joe fand die Vorstellung, dass das *Café Morelli* schließen könnte, schrecklich. »Aber ich liebe das Café«, sagte er und schaute zu seinem Opa hoch.

Nonno lächelte. Es war ein trauriges Lächeln, fand Joe, und Nonnos Hand war schwer, als sie sich auf Joes Schulter senkte. Die Augen seines Großvaters tränten, aber Joe war sich nicht sicher, ob das nur am Wind lag oder ob Nonno weinte.

Vier

Die Küche hinter dem Café war der Ort, wo Joe und seine Familie aßen und für die Gäste kochten. Es gab einen Esstisch und Regale voller Pappbecher, Servietten, Gewürze und allerlei Konservendosen.

Joe half Nonno in der Küche, das Essen vorzubereiten. Das hatte sich mittlerweile zwischen den beiden so eingespielt und an diesem Abend sollte es Lasagne geben, Joes Lieblingsessen. Nonno summte bei der Arbeit zu einer seiner Opern-CDs.

»Was hörst du da gerade?«, fragte Joe.

»*La Traviata* von Verdi«, sagte Nonno.

»Und was passiert da?«

»Violetta stirbt.«

»Warum sterben die eigentlich immer?«

Nonnos Mundwinkel zogen sich wieder nach unten. »So ist es eben in der Oper.«

Joe half Nonno zu gern dabei, die Backform mit Schichten von Pasta, Hackfleisch, Tomaten und Käsesoße zu füllen.

Und es dauerte nicht lang, da kam Joes Dad lärmend durch die Hintertür herein.

»Alles klar bei euch beiden?« Er ging zum Spülbecken, um sich die Hände zu waschen. »Drei neue Doppelsteckdosen hab ich heute bei Mr Choudary angebracht«, sagte er. »Alle in einer Stunde, und musste nicht mal neu gestrichen werden.«

»Nicht schlecht«, sagte Joe.

Dad trocknete sich die Hände ab und legte Joe einen Arm um die Schulter. »Das riecht köstlich! Du bringst ihm das wirklich gut bei, Beppe.«

Nonno lächelte und nickte, genau in dem Moment, als die Tür zum Café geöffnet wurde und Joes Mam hereinkam. Sie knipste die Lichter aus und für einen Augenblick sah Joe das Café im Dunklen daliegen, bevor sie die Tür hinter sich schloss.

»Wieder ein unglaublich hektischer Tag, der zu Ende geht«, sagte sie mit einem Seufzer. Dann begrüßte sie Joes Dad mit einem Kuss.

Joe fing an, den Tisch zu decken. »Du willst das Café also wirklich verkaufen, Mam?«

»Ja, Joe«, sagte sie. »Das Café ist nicht mehr das, was es einmal war – schon seit Jahren nicht mehr. Es hat sich so viel verändert, seit ich jung war.«

»Aber Mam, ich dachte, wenn ich siebzehn bin, dann kann ich es übernehmen. Und du kannst in Rente gehen.«

»In Rente gehen? Was du dir so vorstellst! Und was denn übernehmen, Joe?« fragte sie. »Dir ist einfach nicht klar, dass nicht das Café unsere Rechnungen bezahlt …« Sie nickte zu seinem Dad hinüber. »Sondern dein Vater mit seiner Arbeit als Elektriker. Er verdient das Geld, von dem wir in diesem Haus leben.« Sie zeigte auf die Tür zum Café. »Der einzige Unterschied zu den anderen Häusern hier ist, dass es eine Tür zur High Street hat und Leute hereinkommen, weil sie ein heißes Getränk und ein altbackenes Rosinenbrötchen haben möchten und sich für einen Moment setzen wollen. Das ist der einzige Unterschied. Aber wir sind kein Wohltätigkeitsverein, Joe.«

»Ja, nur …«

»Ich weiß schon gar nicht mehr, wann zuletzt mal jemand etwas zu essen bestellt hat, abgesehen von einem Frühstück«, sagte Mam. »Wenn ich abends die Kasse mache, reicht es kaum für Heizung und Licht, ganz zu schweigen von einem Gehalt.«

»Und wo sollen wir dann leben?«, fragte Joe.

»Wir könnten uns ein kleines Haus kaufen, vielleicht in Penarth am Meer. Ich suche mir einen Job – egal, was für einen –, Nonno kann sich ausruhen und Len arbeitet weiter als Elektriker.«

Nonno öffnete den Backofen und stellte eine vor Hitze noch brutzelnde Lasagne mitten auf den Tisch.

»*Pronto*«, sagte er.

»Vergiss deinen Salat nicht, Joe«, sagte Mam.

Alle setzten sich.

Joe sah zu, wie Nonno die dampfende Lasagne verteilte. Sie fingen an zu essen und über den Tag zu plaudern, doch Joe hatte plötzlich keinen Hunger mehr. Er schaute zur Tür hinüber, die ins Café führte. Er – Joe Davis – war der Erbe des *Café Morelli* in Bryn Mawr. Wenn es verkauft würde, wäre er nur noch Joe Davis, der in einem Haus wohnte. Das war nicht dasselbe.

Fünf

Joe fand es witzig, dass sie in Wales lebten und trotzdem Verwandte in Italien hatten.

»Liebe Grüße von Mimi«, sagte Nonno, den Blick auf den Bildschirm seines Laptops gerichtet.

Joe verzog den Mund. »Als wir da waren, ist sie mir aber ganz schön auf die Nerven gegangen.«

»Sie ist deine einzige Cousine, Joe.«

»Cousine zweiten Grades. Und sie hat mich herumgeschleift und ununterbrochen geredet und behauptet, dass ich viel zu viel Eis esse. ›Gelato-Joe‹ hat sie mich genannt.«

Nonno kicherte, dann wurde er ernst und schüttelte den Kopf. »Da unten gibt es keine Arbeit, sagt sie. Sie arbeitet in einer Cafeteria. Was für eine Verschwendung! Wo sie doch so eine gute Köchin ist. Wir sollten sie hierher einladen.«

»Wozu?«, fragte Joe und stellte sich vor, wie Mimi ihn als übergewichtig bezeichnete und seine Mam zustimmend nickte.

»Hier könnte sie leichter Arbeit finden«, sagte Nonno. »Wir

könnten gute italienische Küche anbieten.« Er begann, langsam eine Antwort zu tippen. »Die Geschichte wiederholt sich, Joe.«

»Wie meinst du das?«

»Nun ja, dein Urgroßvater Vito ist hergekommen, weil es in Italien keine Arbeit gab, damals 1925. Und jetzt sind es Italiener, Rumänen und Polen – Leute aus allen möglichen Ländern, die hier Arbeit suchen. Genau wie damals mein Papà.«

»Mam ärgert sich über die Osteuropäer, oder?«, fragte Joe.

»Das ist aber nicht richtig von ihr«, sagte Nonno. »Es ist doch natürlich, dass man Geld verdienen und ein besseres Leben haben will. Und sie arbeiten schließlich hart.«

Joe nickte. »Nonno, du hattest doch neulich versprochen, mir irgendwann mal die Geschichte vom *Morelli* zu erzählen. Nachdem dich dieser Mann von der Zeitung interviewt hat, weißt du noch? Du meintest, du würdest es aufnehmen, als … als …«

»Als eine Art mündliche Überlieferung«, sagte Nonno.

»Genau. Also, ich finde, du solltest das machen. Ich meine, wir sollten das machen.«

»Sicher«, sagte Nonno, während er weiter tippte.

»Ich hol das Aufnahmegerät«, sagte Joe.

»Was – jetzt?«

»Warum nicht?«

Nonno lächelte. »Na gut.«

Joe spürte, dass Nonno der Anfang ein bisschen schwerfiel. Um seinem Großvater den Einstieg zu erleichtern, fragte er ihn deshalb etwas, worüber er bis zu diesem Moment nie nachgedacht hatte.

»Nonno, warum sind die Italiener eigentlich ausgerechnet nach Wales gekommen? Das wurde in dem Zeitungsartikel gar nicht erklärt.« Er drückte auf den Aufnahmeknopf.

»Die Italiener waren überall, Joe. Überall in Südwales«, sagte Nonno. »Sie kamen her, weil es in Südwales genug Steinkohle gab, um die ganze Welt zu versorgen – sie musste nur aus dem Boden geholt werden. Die meisten Italiener stammten aus Norditalien, vor allem rund um die Bardi-Region. Und wo es Arbeit gibt, müssen die Menschen auch essen. Also kamen sie auch her, um die Leute mit Nahrung zu versorgen, und wenn sie genügend Geld hatten, eröffneten sie Cafés. Das hat Papà gemacht, ehe ich geboren wurde.«

»Wie fand er denn die Waliser?«, fragte Joe.

»Ach, die hat er geliebt! Das sind Menschen mit einem Lied in der Seele. Deshalb verstehen Waliser und Italiener sich so gut, glaube ich. Papà hatte im Café immer Musik laufen, Verdi oder Puccini, oder Lieder aus Neapel. Er war auch immer bereit, anderen zu helfen, ob nun Waliser oder neu angekommene Italiener – das war völlig egal. Einfach Menschen aus anderen Teilen Europas, so wie jetzt.«

»Und was war mit dem Café?«, fragte Joe. »Ich meine, als es dann eröffnet wurde.«

»Oh, die italienischen Cafés waren beliebt. Sie waren ein Treffpunkt, weißt du, Joe. Ein Ort, wo man sein konnte. Im *Café Morelli* war immer viel los, von Anfang an. Wir haben damals Tee und Kaffee verkauft, und alle möglichen Lebensmittel. Damals wussten die Leute nicht viel über italienisches Essen – jetzt gibt es das natürlich überall auf der Welt. Im Sommer haben wir dann Eis angeboten. Papà stand in der Tür zum Café, in seinem weißen Mantel und mit dem Strohhut auf dem Kopf, schaute zum Himmel hoch und sagte: *Beppe! Vai a vendere gelato!* Ich war zwar immer ein bisschen nervös, wenn ich den Wagen durch die Straßen schieben musste, zog aber trotzdem los. Da war ich so in deinem Alter, Joe. Ich klingelte mit einer Glocke und rief *Gelato*!, und alle wussten schon, dass das ›Eis‹ auf Italienisch heißt. Es dauerte nicht lang, bis sich eine richtige Schlange vor dem Wagen gebildet hatte. Ich holte eine Eiskugel aus dem Behälter und drückte sie in ein Hörnchen. Manchmal gab es ein bisschen mehr, wenn es ein Freund war. Oder ein Mädchen, das mir besonders gut gefiel.«

»Aber warum warst du nervös?«, fragte Joe.

»Nun, es gab da ein paar Jungs, die sich für ganz schön wichtig hielten. Ich weiß noch, wie ich einmal an einem heißen Tag eine Menge Eis verkaufte, und dann tauchte Johnny Corbett mit zwei von seinen Kumpels auf. ›Gib uns mal ein Eis‹, sagte er. Ich machte eine Eiskugel, steckte sie in ein Hörnchen und reichte es ihm. ›Uns auch‹, sagten die beiden anderen Jungs, und ich machte noch zwei. ›Drei Penny, bitte‹, sagte ich und streckte die Hand aus.

›Wusste nicht, dass wir dafür bezahlen sollen‹, sagte Johnny. ›Hättste uns vorher sagen müssen.‹«

»Was für ein Mistkerl!«, rief Joe.

»Er hätte sich das nicht getraut, wenn Leute dabei gewesen wären. Aber so sagte er zu mir: ›Ich dachte, ihr Itaker verschenkt Eis, wo wir euch doch Arbeit und Häuser geben.‹ Ich war wütend, weil ich doch wusste, wie hart Papà und Mamma arbeiteten. ›Du bezahlst‹, sagte ich, obwohl ich wusste, dass ich mir damit Ärger einhandeln würde. ›Willste mich zwingen, oder was?‹, sagte er.«

»Und was ist dann passiert?«, fragte Joe.

»Sie haben sich auf mich gestürzt. Ich habe mich natürlich gewehrt, so gut ich konnte, aber sie haben den Eiswagen umgestoßen und sind weggelaufen. Als ich zurück nach Hause kam, bin ich durch den Hinterhof geschlichen, aber Mama konnte sehen, dass etwas passiert war – bei meinem zerschrammten Gesicht und der zerrissenen Jacke. Allerdings hatten sie das Geld nicht mitgehen lassen, und das war für mich das Wichtigste.

Mama machte mich sauber. ›Bitte sag Papà nichts‹, bat ich sie. Sie küsste mich auf die Stirn und hob einen Finger. ›Für den Moment werde ich den Mund halten … für den Moment.‹ Im *Morelli* fühlte ich mich sicher, verstehst du – das war mein Revier. Mein Café.«

Nonno lächelte. »Es ist schön, dass du seine Geschichte hören magst, Joe, aber nun bin ich müde. Wir machen das Stück für Stück, ja?«

»Okay. Kein Problem.«

»Bleib aber ruhig noch hier und hör dir mit mir zusammen ein bisschen Oper an, Joe.«

Nonno legte wieder Verdis *La Traviata* ein.

»Schöne Musik«, sagte Joe, und zum ersten Mal meinte er das auch so.

Sechs

Am nächsten Tag hatte Nonno einen Arzttermin und Joe wollte ihn nach der Schule begleiten. Als sie in der Praxis ankamen, drängten sich die Patienten im Wartezimmer schon wie die Heringe in der Tonne.

»Hallo, Beppe«, sagte Lilly Matthews, als sie hereinkamen.

»*Ciao*, Lilly«, sagte Nonno. Er nahm ihre Hand und küsste sie.

»Immer der Mann von Welt. Wie geht es dir?«

»Gut. Wartest du schon lange?«

»Über eine halbe Stunde, und vor mir sind noch ganz viele dran.«

Nonno schaute sich im Wartezimmer um und sagte dann zu Joe: »Siehst du all die Leute hier? So voll war das Café früher auch immer. Weißt du noch, Lilly?«

»Aber ja«, sagte sie. »Das *Café Morelli* war der wichtigste Treffpunkt der Stadt.«

Nonno lächelte. »Still war es dort nie. Und immer voller Leute. Immer.«

Da kam per Lautsprecher die Durchsage: »Lilly Matthews zu Dr. Dhital, Zimmer 2.«

»Wurde auch Zeit«, sagte Lilly, als sie aufstand.

Nonno streichelte Joes Hand. »Schade, dass das Café nicht mehr so voll ist wie dieses Wartezimmer.«

Joe tat sein Großvater leid, vor allem nach der Geschichte, die er von ihm aufgenommen hatte.

Als sie dann schließlich auch aufgerufen wurden, musste Nonno sein Hemd ausziehen, damit der Arzt ihm die Brust abhorchen konnte. Das Geräusch seiner langen, schweren Atemzüge füllte den Raum. Nonno zwinkerte Joe zu, aber er wirkte mit einem Mal irgendwie älter und gebrechlicher, und Joe fühlte sich unwohl – fast so, als ob er sich vor irgendetwas fürchtete.

Jeden Morgen öffnete Nonno das Café und half beim Frühstückmachen. Joe ging ihm dabei zur Hand, denn das war die einzige Tageszeit, zu der viel Betrieb herrschte.

Während Joe im Café danach auch selbst frühstückte, sah er Nonno beim Servieren zu. Sein Großvater war immer elegant gekleidet, in weißem Kittel und mit Hut. »Nehmen Sie sich gern von der Soße, die Herren«, sagte er, wenn er den Gästen die Teller hinstellte. »Und falls Sie noch etwas Tee oder Kaffee möchten, geben Sie einfach Bescheid. Ist im Preis inbegriffen.« Dann stand er wieder hinter dem Tresen, schaute den Gästen zu oder räumte ab. Joe hatte einmal gehört, wie jemand Nonno als »würdevoll« beschrieben hatte, und er fand, das war genau das richtige Wort.

Da ertönte die Türklingel und Vaughan betrat das Café.

»Morgen, Mr Morelli! Das Übliche, bitte.«

Nono nickte ihm zu. »Natürlich. Kommt sofort.«

Vaughan setzte sich Joe gegenüber. »Und, wie gehts so?«

»Gut.«

»Was hast du bestellt?«

»Einen Tee. Und Rührei auf Toast.«

»Wunderbar. Dann bist du ja bestens gewappnet für den Tag«, sagte Vaughan. »Aber ist das nicht merkwürdig? Nie würdest du Eier, Toast und Tee einfach so miteinander vermatschen. Aber in deinem Magen kommt alles zusammen und da spielt es keine Rolle mehr, oder?«

»Na ja, man hat ja auch keine Geschmacksnerven im Magen«, sagte Joe.

»Richtig«, sagte Vaughan. »Trotzdem merkwürdig.«

»Und was liegt bei dir heute so an?«, fragte Joe. Er hielt das für eine gute Frage, denn Nonno hatte immer betont, wie wichtig es sei, eine persönliche Beziehung zu den Gästen aufzubauen.

»Ich habe um elf einen Termin beim Arbeitsamt, aber ich will da schnell wieder weg. In meinem Garten ist noch 'ne Menge zu tun und um halb drei gibt es *Jason und die Argonauten* im Fernsehen.«

»Was ist das? Ein Film?«

»Genau. Und zwar ein ganz fantastischer. Mit Sondereffekten von Ray Harryhausen. Meine Lieblingsszene ist, wie die Talos-Statue zum Leben erwacht. Ich hab zwar auch die DVD, aber es hat irgendwie was, einen Film im Fernsehen zu sehen. Es ist so gemütlich. Verstehst du, was ich meine?«

Combi kam mit einem halb gegessenen Eisfinger herein. »Joe! Kommst du mit zur Schule?«

Widerstrebend stand Joe auf, denn er wäre gern noch etwas länger im Café geblieben. Nonno, der Vaughan gerade eine Tasse Tee brachte, legte Joe die Hand auf die Schulter und als Joe seinem Großvater in die Augen blickte, überkam ihn wieder dieses eigenartige Gefühl.

»Hart arbeiten«, sagte Nonno und räumte den leeren Teller und den Becher ab.

Joe lief ein Schauer über den Rücken, als er Nonno hinter den Tresen zurückgehen sah.

Sieben

Wie immer kam Joe zum Mittagessen von der Schule nach Hause, aber heute war er besorgt, so als ob etwas nicht stimmte. Als er das Café betrat, sah er Gwen an ihrem üblichen Tisch sitzen und seine Mam unterhielt sich mit Combis Ma, Natalie.

»Hallo, Liebling«, sagte Mam. »Ich hab dir Eiersalat gemacht.«

»Ich will nur schnell Nonno Guten Tag sagen«, erwiderte Joe. »Wo ist er?«

»Hinten.«

Joe ging in die Küche, aber da war Nonno nicht. Also lief Joe nach oben ins Wohnzimmer. »Nonno!«, rief er. Er rannte weiter bis zu Nonnos Zimmer ganz oben unterm Dach. Dort klopfte er an die Tür, aber es kam keine Antwort. Joes Herz schlug wie wild, als er eintrat.

Nonno saß in seinem Sessel. Sein Gesicht war auf eine seltsame Weise verzerrt. Er öffnete den Mund, konnte aber offenbar nicht sprechen, als er die Hand nach Joe ausstreckte.

»Ist schon gut, Nonno«, sagte Joe und nahm die Hand seines Großvaters. Doch er wusste, dass nichts gut war.

Er rief im Krankenhaus an. »Es geht um meinen Nonno, ich meine, meinen Großvater ... Etwas stimmt nicht mit ihm. Bitte, schicken Sie ganz schnell einen Krankenwagen.« Er nannte die Adresse und lief dann ins Café hinunter. »Mam! Nonno geht es nicht gut!«

Joe erzählte ihr, dass der Rettungswagen schon unterwegs sei, und gemeinsam rannten sie wieder nach oben. Als seine Mam Nonno sah, fing sie an zu weinen.

Joe kam sich nutzlos vor, als sie auf den Rettungswagen warteten, doch dann hatte er eine Idee.

Es war vielleicht ein wenig merkwürdig, aber er suchte die CD von *La Traviata* heraus und legte sie in das Gerät ein. »Was machst du da, Joe?«, fragte Mam.

»Ist schon gut«, sagte er.

Sie saßen bei Nonno, hielten seine Hand und lauschten der schönen Musik, bis der Rettungswagen eintraf.

Acht

Am nächsten Tag blieb das Café geschlossen.

Abgesehen von einer gelegentlichen Erkältung war Nonno noch nie krank gewesen. Frisch wie ein Fisch im Wasser, hatte Mam immer gesagt, aber nun hatte er einen Schlag erlitten. Alle standen am Fußende des Krankenhausbettes und starrten ihn an. Er war noch immer verwirrt. Joe hielt immer wieder den Atem an, um nicht loszuweinen zu müssen, doch das half nichts.

Sowie sie wieder im Café waren, ging er nach oben, um Mimi auf dem Laptop eine Mail zu schreiben, denn sie wollte sicher wissen, was geschehen war. Er erklärte, dass Nonno den einen Arm nicht bewegen und dass er nicht ohne Hilfe gehen konnte. Der Arzt hatte gemeint, er würde durch Krankengymnastik alles wieder lernen, aber das könnte viele Monate dauern.

Als er die Mail abgeschickt hatte, schaute Joe in Nonnos Schlafzimmer vorbei und sah, dass das Aufnahmegerät noch immer dort lag. Er spulte das Band zurück und drückte auf »Play«. Nonnos Stimme war so deutlich, als stünde er im Zimmer.

Das Café hatte jeden Tag geöffnet, auch sonntags, dann machten wir morgens auf. Immer gab es etwas zu tun – Kochen, Getränke zubereiten, Bedienen und Saubermachen.

Papà hat damals auch Lebensmittel konserviert. Er machte Salami und Käse, und er legte alles, was er finden konnte, ein oder dörrte es – Tomaten, Gurken aller Art, grüne Bohnen und sogar Obst wie Pfirsiche, Birnen, Orangen. Wir hatten jede Menge Gläser mit eingemachtem Obst oben in der Mansarde und in den Küchenschränken. Wir verkauften unsere Produkte auch, ein bisschen so wie heute Mr Malewski.

Papà und Mamma kümmerten sich um die Menschen, das taten sie wirklich. Eine Menge Kunden standen »in der Kreide«, wie wir sagten. Das bedeutete, sie brauchten nicht sofort zu bezahlen, sondern erst, wenn sie Geld hatten. Es gab viel zu tun. Die Bergwerke in der Umgebung förderten tonnenweise Kohle – Kohle, die mit Schiffen nach Cardiff und Barry gebracht und von dort aus in alle Welt exportiert wurde. Die Bergleute kamen vor und nach der Schicht oft ins Café. Papà beschwerte sich nie, wenn Tische und Stühle durch den Kohlenstaub dreckig wurden, denn die Bergleute waren unsere besten Kunden.

Am meisten in Erinnerung geblieben ist mir, wie hart Papà arbeitete. Er sagte immer zu mir, es sei das beste Gefühl auf der Welt, den Tag zu beenden und zu wissen, dass man ihn mit harter Arbeit ausgefüllt habe.

Um das Jahr 1938 herum bekam Papà einen Brief von Mario, seinem Schwager aus seiner Heimatstadt. In Italien braute sich Ärger zusammen – Mussolini und seine Faschisten waren an der Macht. Papà machte sich Sorgen, denn er liebte Italien, auch wenn sein Leben hier in Wales war.

Er schrieb Mario ein Telegramm, dass er mit Papàs Schwester herkommen solle. Es gebe Arbeit und sie seien willkommen. Mario telegrafierte zurück, sie hätten kein Geld und Mussolini lasse nur eine bestimmte Anzahl an Italienern ausreisen. Also schickte Papà ihm noch ein Telegramm mit Geld: »Kommt sofort her! Egal, wie.«

Einige Monate darauf traf Mario ein, zusammen mit Zia, meiner Tante. Sie war Mimis Urgroßmutter. Als sie eintrafen, hätte Papà sie fast nicht erkannt, so dünn waren sie geworden.

Mario erzählte uns, sie hätten unterwegs in Frankreich immer wieder gearbeitet, da ihnen das Geld ausgegangen war. Ich weiß noch, wie ich an dem Abend beim Kochen half. Zia hatte Tränen in den Augen, als Papà das Essen auf den Tisch stellte.

Außerdem erzählte Mario uns, wie besorgt er war. Mussolini hatte sich nämlich mit Hitler angefreundet, und wenn es so weiterginge, dann fragte sich Mario, was aus ihren Freunden und Verwandten in Italien werden sollte. Papà sagte ihm, hier seien sie in Sicherheit, und sie könnten im Café aushelfen. Er lachte und meinte: »Vielleicht macht ihr eines Tages sogar euer eigenes Café auf!«

Mario und Zia brauchten ein Zimmer für sich, also überließ ich ihnen meins und zog nach oben in die Mansarde, die witzigerweise auch jetzt wieder mein Zimmer ist. Sie alle arbeiteten hart, und die Geschäfte liefen immer besser, aber ihnen war nicht klar, was die Zukunft bereithielt. Es stellte sich nämlich heraus, dass es besser gewesen wäre, zu Hause zu bleiben – und ich meine damit uns alle, auch Papà, Mamma und mich …

Es wurde still, und dann hörte Joe, wie Nonno seltsame Geräusche ausstieß. Das musste der Augenblick gewesen sein, in dem Nonno vom Schlag getroffen worden war. Joe hielt das Band an. Nervös stand er auf. Er hatte plötzlich unheimlichen Hunger und ging nach unten.

Neun

Joe nahm eine Pfanne aus dem Schrank und goss ein wenig Öl hinein. Er zündete gerade die Gasplatte an, als seine Mam aus dem Café hereinkam. »Was machst du denn da?«

»Ich koche, Mam.«

»Das brauchst du nicht, Joe. Ich kann doch schnell ...«

»Ich will das aber, Mam. Ich will das.«

Joe hatte keine Ahnung, was er da machte, weil er noch nie allein eine Mahlzeit zubereitet hatte. Er beschloss, erst einmal Zwiebeln zu schneiden, aber sofort tränten ihm die Augen.

»Ach, alles in Ordnung, Lieber?«

»Ich weine nicht«, sagte Joe. »Die verdammten Zwiebeln ...«

Er ließ die Zwiebelstücke in die Pfanne fallen und sie zischten wütend.

»Ich glaube, du hast das Gas zu hoch aufgedreht«, sagte seine Mam.

Joe drehte die Hitze herunter und gab Hackfleisch zu den Zwiebeln.

Dad kam herein. »Oh, du kochst, Joe?«

»Ja.« Und ehe sein Dad noch mehr sagen konnte, fügte Joe hinzu: »Weil ich das will.«

Während seine Eltern nach oben gingen, zerbrach Joe sich den Kopf darüber, was er da eigentlich kochte. Da klingelte das Telefon.

Joe war furchtbar angespannt, als er abnahm, und hatte Angst, es könnten noch mehr schlechte Nachrichten sein.

»*Hallo … Ist da Joe?*«

»Ja.«

»*Gelato-Joe! Hier ist Mimi.*«

Joe war sauer und bereute bereits, ihr die Mail geschickt zu haben. »Ach, hallo.«

»*Ich kriege deine Mail*«, sagte Mimi. »*Der arme Nonno. Ist schrecklich.*«

Mam kam herein. »Wer ist das?«

»Mimi aus Italien.«

Mam runzelte die Stirn.

»*Ich möchte zu ihm*«, sagte Mimi. »*Vielleicht kann ich 'elfen, ja?*«

»Äh, klar doch … sicher«, antwortete Joe.

»*Und eure Adresse, bitte?*«

»*Café Morelli*, High Street 10, Bryn Mawr, Südwales.«

»*Noch mal, bitte. Langsam.*«

Joe wiederholte die Adresse.

»*Okay. Ich kann sofort kommen – morgen.*«

Joe sah seine Mam kurz an. »In Ordnung. Okay.«

»*Bis dann*«, sagte Mimi.

»Was war das denn jetzt?«, fragte Mam.

»Das war Mimi.«

»Ja, das hab ich schon verstanden«, sagte Mam.

Joe spielte mit dem hölzernen Kochlöffel in seiner Hand. »Ich dachte, sie müsste auch wissen, was Nonno passiert ist. Und da hab ich mich an den Laptop gesetzt ...«

»Hast du ihr gesagt, dass er nicht tot ist?«

»Mam! Natürlich! Was hast du denn gedacht?«

»Na, warum wollte sie dann die Adresse? Will sie Blumen schicken, oder was?«

Joe starrte den Tisch an und versuchte, sich die schöne Mahlzeit vorzustellen, die er gekocht hätte und die jetzt zum Verzehr bereitstände. »Sie kommt.«

»Sie kommt?« Mam riss die Augen auf. »Was denn, hierher?«

Ehe Joe noch etwas sagen konnte, bemerkte er den Brandgeruch.

Das Essen war ruiniert.

Zehn

»Deine Cousine?«, fragte Combi am nächsten Tag, als sie durch die High Street gingen.

»Ja, aus Italien«, sagte Joe. »Die nervt.«

»Alle Cousinen nerven«, sagte Combi. »Das ist eine Tatsache.«

»Mam sagt, ich muss ihr mein Schlafzimmer überlassen und in Nonnos Zimmer nach oben ziehen.«

»Diese Cousine«, sagte Combi. »Ist die älter oder jünger als du?«

»Älter. Wieso?«

»Pech. Dem Gesetz nach kann sie dich nämlich rumkommandieren.«

»Dem Gesetz nach! Was du manchmal für Blödsinn redest!«

Combi zuckte mit den Schultern. »Ich geh ins *Chicken Box.*«

»Reib mir das nicht auch noch unter die Nase«, sagte Joe. Da schlug ihm eine Hand auf die Schulter. Er schaute auf und sah Bonner über sich aufragen.

»Schlimm, das mit deinem Opa, Davis.«

Bonner war ein Jahr älter als Joe und gebaut wie ein Büffel. Er hatte einen wilden schwarzen Lockenschopf und immer ein Grinsen im Gesicht. Joe wusste nie, ob Bonner einfach glücklich war oder kurz vor dem Wahnsinn stand. »'n Schlag, hab ich gehört«, fügte Bonner hinzu.

»Ja«, sagte Joe.

»Komisches Wort – Schlag.« Bonner starrte in die Ferne. »Die sollten das anders nennen, finde ich … ›Gehirnschmelze‹ oder so. Das wäre besser.«

»Nein«, sagte Joe. »Wäre es nicht.«

Bonners ewiges Grinsen verschwand. »Da du gerade Probleme hast, will ich das mal durchgehen lassen.« Er ging weiter, gefolgt von seiner Clique, die sich alle Mühe geben musste, um mit ihm Schritt zu halten.

»Scheiß-Neandertaler«, sagte Combi. »Joe, komm und iss 'ne Runde Hähnchen mit mir.«

Joe lief bei dieser Vorstellung das Wasser im Munde zusammen. »Das geht nicht, Combi. Das geht nicht.«

Im Krankenhaus hörte Nonno zu, als Joes Mam das mit Mimis Besuch erklärte. Joe konnte sehen, dass Nonnos Gesicht vom Schlag noch immer halb gelähmt war. Er sprach langsam und leise: »Es ist schön, dass sie kommt, Lucia.«

»Es ist aber ungelegen«, sagte Mam. »Ich meine, was gibt es denn hier für sie zu tun?«

»Sie ist eine gute Köchin, Lucia«, sagte Nonno. Er sah Joe an. »Ihre Urgroßmutter hat vor langer Zeit hier im Café mitgearbeitet, während des Krieges.«

»Ja, das habe ich dich auf dem Tonband erzählen hören, Nonno«, sagte Joe. »Ich meine das Band, das noch im Gerät war. Das ist wirklich gut.«

»Was für ein Band?«, fragte Mam.

»Über die Geschichte des Cafés«, sagte Joe.

Nonnos Hand fiel auf Joes. »Es ist eine lange Geschichte. Ich erzähle dir den Rest ... wenn es mir besser geht, ja?«

»Klar. Lass dir Zeit, Nonno.«

Als sie zum Café zurückgingen, beschloss Joe, draußen zu bleiben und allein eine *passeggiata* zu machen. Er schlenderte auf die andere Seite der High Street und starrte im Dunkeln zum Café hinüber. Bei dem Gedanken, dass es geschlossen und verkauft werden sollte, wurde er von Traurigkeit überwältigt. Er sah sich die verblichene Aufschrift an: *Café Morelli, gegr. 1929.*

Ihm ging auf, dass bis hundert Jahre nicht mehr viel fehlte. Er stellte sich das Café vor – hell erleuchtet, mit lauter Kundschaft und voll gemütlicher Fröhlichkeit an einem kalten Winterabend. Da wurde er von einer SMS seiner Mam aus seinen Fantasien gerissen.

Komm zurück, Joe. Sie ist hier!

Elf

Das Fenster in der Hintertür war beschlagen.

Als Joe hereinkam, roch er köstliche Kräuter und Gewürze. Jemand stand am Herd und rührte in einer großen Bratpfanne. *Das kann nicht Mimi sein*, dachte er.

»Hallo«, sagte er.

Sie drehte sich um und Joe schnappte nach Luft.

Vor ihm stand eine junge Frau mit langen schwarzen Haaren und einem geraden Pony. Ihre Augen waren groß und dunkel wie schwarze Oliven, aber in ihnen lag auch ein Hauch von Traurigkeit. Ihre Lippen waren voll und rot wie Chilischoten.

Joes Herz hämmerte los. Er hatte noch nie ein so hübsches Mädchen gesehen und sie hatte keinerlei Ähnlichkeit mehr mit der nervigen Person, die er mit acht Jahren kennengelernt hatte.

Mimi lächelte und ihre Augen verloren ihre Traurigkeit. Joe hörte wunderschöne Musik mit einer Stimme, die sang wie ein Engel.

»*Ciao*, Joe«, sagte Mimi mit starkem italienischen Akzent und küsste ihn auf beide Wangen.

»Danke«, sagte Joe, dem in dem Moment aufging, dass die Musik aus dem CD-Gerät kam.

»Ich koche schöne Pasta«, sagte Mimi. »Ich koche so gern.«

»Ach, okay ... Wo sind meine Eltern?«, fragte Joe und überlegte, ob sie wohl allein im Haus wären. Mimi zeigte nach oben.

»Ich ... geh nach oben ... zu ihnen«, sagte Joe ganz langsam und deutlich.

»Ich verstehe Englisch«, sagte Mimi.

»Oh, tut mir leid.«

»Hey, Joe«, sagte sie. »Isst du noch immer gern *gelato?*«

»Nicht besonders«, sagte er, was eine gewaltige Lüge war.

Mimi lachte und Joe ging hinauf ins Wohnzimmer, wo sich seine Eltern gerade miteinander berieten.

»Du hast unseren Gast schon getroffen, nehme ich an?«, fragte Mam.

Joe zeigte nach unten. »Sie ... sie ist eine Frau!«

»Zehn von zehn, Joe.«

»Sie ist hübsch, was?«, fragte Dad.

»Mir nicht aufgefallen«, sagte Joe. Er konnte noch immer spüren, wie sein Herz hämmerte, aber er redete sich ein, er sei einfach zu schnell die Treppe hochgerannt.

»Sie geht mir jetzt schon auf die Nerven«, sagte seine Mam. »Reißt alles an sich – *ich will 'elfen ... ich koche so gern.* Dabei kennen wir sie doch kaum.«

»Na, das ist eben italienisch«, sagte Joe.

Mam stöhnte. »Nun, dann ist das wohl so. ’ilft ja alles nix.«

Mimi war völlig ins Kochen vertieft, als Joe den Tisch deckte. Der köstliche Duft machte ihm einen wahnsinnigen Hunger.

Mimi stellte einen großen Topf auf den Tisch, und sie setzten sich alle zum Essen hin.

Joe nahm die angespannte Stimmung wahr.

»Nett von dir, für uns zu kochen«, sagte Dad.

»Oh, bitte, ich koche sooo gern«, sagte Mimi.

Joe sah zu, wie sie die Pasta verteilte. Sie rieb auf jeden Teller Parmesankäse, wie er das in Restaurants bei den Kellnern gesehen hatte.

»Pasta Bolognese«, sagte sie, als hätte irgendwer gefragt. *»Buon appetito.«*

Als Joe seine Portion probierte, staunte er darüber, wie köstlich es schmeckte – ein konzentrierter Geschmack, besser als jede Pasta, die er je gegessen hatte. Essen war plötzlich anders – seine Geschmacksnerven schienen Cha-Cha-Cha zu tanzen.

»Ist das köstlich«, sagte Dad.

»Schmecken dir, Joe?«, fragte Mimi.

»Ja. Das ist wie ... wie Restaurantessen.«

Sie lachte. »Ihr geht viel in Restaurant?«

»Ja«, sagte er, und im selben Moment sagte Mam: »Nein.«

»Joe, du verwechselst das *Chicken Box* doch wohl nicht mit einem Restaurant?«, fragte sie.

»Nein!«, sagte Joe.

»Was ist *Chicken Box?*«, hakte Mimi nach.

»Das ist ein Imbiss – ein zehntklassiger Laden für Brathähnchen und Pommes«, sagte Dad.

»Stimmt. Du siehst die Reste überall auf dem Straßenpflaster«, sagte Mam. »Nicht mal die Tauben wollen sie. Joe liebt diesen Fraß.«

»Tu ich NICHT!«, sagte Joe.

Mam machte ein verwirrtes Gesicht. »Du isst das mit Combi doch kistenweise.«

»Wer ist Combi?«, fragte Mimi.

»Ein Freund«, sagte Joe. »Er ernährt sich überaus ungesund.« Er aß weiter seine Pasta, die mit jedem Mundvoll besser zu werden schien.

»Nonno hat uns erzählt, dass deine Uroma im Krieg hergekommen ist«, versuchte er dann, das Gespräch in Gang zu halten.

»Ja«, sagte Mimi. »Sie schon lange tot vor meiner Geburt. Aber ich weiß noch, wie meine Großmutter erzählt von hier.«

»Entschuldige die Frage«, sagte Mam. »Aber warum kommst du nach so langer Zeit meinen Vater besuchen?«

Joe konnte nicht fassen, dass Mam sich traute, eine solche Frage zu stellen. Mimi wirkte ziemlich überrascht. »Ich mach mir Sorgen um Nonno. Ich will 'elfen. Ich kann kochen ...«

»Na, wenn du weiter so kochst wie heute, kannst du bleiben, solange du willst«, sagte Dad und schmunzelte. Dann sah er Mams Gesicht und sein Lachen verstummte.

Als sie weiteraßen, schaute Joe einige Male verstohlen zu Mimi hinüber, aber er wollte nicht glotzen. Sie aß voller Konzentration, als ob nichts anderes eine Rolle spielte. Er fand sie so schön – eine Schönheit, wie er sie aus Zeitschriften und Filmen kannte.

Nach dem Essen ging Joe mit Mimi ins Café und schaltete die Lampen ein. Mam stand in der Tür. »Das ist das *Café Morelli*«, sagte Joe stolz.

Mimi schaute sich im Café um und runzelte sofort die Stirn, als hätte sie so etwas noch nie gesehen. Sie fuhr mit einem Finger über die Vitrine. »Ist schmutzig«, sagte sie. »Braucht ihr auch 'ilfe beim Saubermachen?«

Joe sah, wie Mams Wangen rot wurden. »Ich werde die Putzfrau feuern.«

»Wir haben keine Putzfrau«, sagte er.

Mam starrte ihn an. »Ach ja, richtig.«

Mimi beäugte jetzt einen mit Klebeband geflickten Stuhl in einer Nische. Sie sah sich um, und Joe bemerkte, dass sie ganz leicht den Kopf schüttelte.

»Wir haben morgens immer viele Frühstücksgäste«, sagte er. »Dann kümmert sich meistens Nonno um das Essen.«

»Ich kann das machen«, sagte Mimi.

Joe schaute zu Mam hinüber. »Würstchen, Spiegeleier, Speck, Bohnen und gebratene Tomaten«, sagte sie.

»Zum Frühstück?«, fragte Mimi.

»Ja«, sagte Joe.

Mimi blies ihre Wangen auf.

Mam knipste das Licht aus. »Das wärs. Vorstellung zu Ende.«

Joe brachte seine restlichen Kleidungsstücke nach oben in Nonnos Zimmer und verstaute sie im Schrank. Er sah sich die Auswahl an Opern-CDs an und beschloss, eine zu hören. Die Oper hieß *Madam Butterfly*. Es war wunderschöne Musik.

Da klopfte es an der Tür.

»Ja?«

Dad schaute herein. »Alles im Griff, Joe?«

»Ja. Kein Problem.«

»Was hörst du denn da?«, fragte Dad.

»*Madam Butterfly*.«

»Wusste gar nicht, dass du gern Opern hörst, Joe.«

»Alle Italiener hören gern Opern.«

»Ach, okay. Dann gute Nacht.«

Dad machte ein verwirrtes Gesicht, als er die Tür schloss.

Joe fing an, die Geschichte der Oper zu lesen, während die Musik über ihn hinwegspülte.

Zwölf

Joe gefiel es überhaupt nicht, wie die Knöpfe an seinem Hemd hervorstanden, als ob sie jeden Moment aufplatzen könnten. Er betrachtete sich im Spiegel und drehte sich zur Seite. Der Bauch hing ihm über den Hosenbund.

»Ich wachse zu schnell«, sagte er zu sich.

Auf dem Weg nach unten hörte er eine Auseinandersetzung. In der Küche angekommen sah er, dass Mimi seine Mam aus großen Augen anschaute, und die wirkte verwirrt.

»Du steckst den Speck in Mikrowelle noch mal?«, fragte Mimi. »Nach dem Braten?«

»Ja«, sagte Mam.

»Warum?«

»Spart Geld. Kein Abfall.«

Mimi verzog das Gesicht. »Schrecklich.«

»Na, den Gästen scheint es egal zu sein.«

»Zu viel gebraten«, sagte Mimi. »Und Eier brate ich in Butter, nicht in Öl, oder ich kann sie pochieren.«

»Pochieren?«, fragte Mam.

»Ist wie gekocht«, sagte Mimi.

»Ich weiß, was Pochieren ist«, sagte Mam, drehte sich um und ging zurück ins Café.

Mimi sah Joe an. »Ich will doch bloß 'elfen!«

»Ich weiß«, sagte er. »Sie ist gestresst.«

Joe sah sofort den Unterschied, als er die Frühstücksbestellungen der Stammgäste an die Tische brachte – alles war sauber und schlicht, und es gab keine Spuren von Öl oder Fett.

»Was ist das?«, fragte Mr Kempski, einer der polnischen Arbeiter.

»Unser neues Frühstück«, sagte Joe. »Hergestellt von einer echten ...« Er schaute zu Mam hinüber. »Alles frisch übrigens. Wenn Sie noch Tee oder Kaffee wollen, sagen Sie einfach Bescheid. Ist im Preis inbegriffen.«

Mimi beobachtete von der Tür aus, wie die Gäste loslegten. Joe konnte ihre überraschten Gesichter sehen, als sie ihr Frühstück vertilgten.

Joe frühstückte wie immer im Café. Mimis Rührei schmeckte viel besser, und es sah sogar gelber aus.

Vaughan kam herein. »Hab das von Mr Morelli gehört«, sagte er. »Ich war ja total fertig. Und wünsch ihm rasche Genesung.«

»Danke«, sagte Mam.

Mimi kam aus der Küche und Vaughans Augen wurden groß wie Suppenteller. Joe stellte ihm Mimi vor.

»Ach was«, sagte er. »Was für eine Schönheit!!! Willkommen in Wales.«

»Danke«, sagte Mimi.

Die Gruppe polnischer Arbeiter kam zum Zahlen an den Tresen. »Selber Preis, weniger Essen«, sagte Mr Kempski.

»Wir probieren es mit einer neuen Köchin«, erklärte ihm Mam.

»Na, ich hab jedenfalls noch Hunger«, sagte er im Gehen.

Mimi kam zu Joe hinüber. »Schmeckt dir das?«

Joe konnte sehen, dass Mam zuhörte. »Das war sehr lecker«, sagte er lächelnd, und in diesem Moment schaute Combi herein. Er hielt eine Dose Cola in der einen und ein halb gegessenes Brötchen mit einem Würstchen in der anderen Hand.

»Kommst du, Joe?«

»Hallo«, sagte Mimi.

Combi klappte das Kinn herunter und nun war die halb zerkaute Wurst zu sehen. Joe stand auf und trat zwischen ihn und Mimi. »Ich komm gleich nach, Combi. Hab noch zu tun.«

Combi lugte um Joe herum. »Hallo! Du bist sicher Joes Cousine«, sagte er.

»Ja.«

»Ich bin Joes Kumpel.« Er hielt Mimi die Dose hin. »Schluck Cola gefällig?«

»Das ist kein passendes Frühstücksgetränk«, sagte Joe, als er Combi zur Tür schob. »Komisch, was?«, hörte er Vaughan fragen.

»Wenn man das ganze Essen auf einem Teller miteinander vermatscht, würde man es nicht essen wollen, oder? Aber wenn man es erst mal im Magen hat …«

Joe wollte sich schon bei Mimi entschuldigen, als er sah, dass sie lachte.

»Bis später«, rief er und zog Combi nach draußen.

»Die ist ja wohl umwerfend, oder?«, fragte Combi.

Joe gefiel es überhaupt nicht, wie Combi Mimi anstarrte. »Mir nicht aufgefallen«, sagte er.

»Nicht aufgefallen!«, wiederholte Combi überrascht. »Hat sie einen Freund?«

»Keine Ahnung«, sagte Joe und zog ihn weiter.

Dreizehn

Nach der Schule ging Joe zu Nonno ins Krankenhaus. Dort saßen bereits Mam und Mimi an dessen Bett. Joe fand, dass Nonno schon viel besser aussah.

»Ich seh nicht ein, wozu das gut sein soll«, sagte Mam.

»Was ist denn los?«, fragte Joe.

»Ich möchte Essen für das Café machen«, sagte Mimi.

»Wir machen doch Essen.«

»Nein«, sagte Mimi. »Echtes italienisches Essen.«

»Reizend«, sagte Mam.

»Gute Idee«, sagte Joe.

»Das bringt nichts«, erklärte Mam. »Niemand wird es wollen. Die High Street stirbt doch.«

Nonno hob die Hand. »Lucia«, sagte er mit leiser Stimme. »Lass ihr einen Versuch, bitte. Nur für kurze Zeit.«

Sie schwiegen verlegen, dann sagte Mam: »Joe. Geh mit Mimi zurück zum Café. Ich möchte mit Nonno sprechen, und dein Dad muss gerade allein dort die Stellung halten.«

Er wusste, dass Mam die Sache sehr ernst war. Deshalb widersprach er nicht, auch wenn er gern selbst mit Nonno geredet hätte.

Als sie zum Café zurückkamen, regnete es, und Gwen war der einzige Gast. Sie wartete auf ihren Bus nach Hause. Joe versuchte, hinter dem Tresen auszusehen wie der Boss, während Mimi durch das Café streifte. Er lächelte Gwen an. »Ich sag Bescheid, wenn der Bus kommt.«

»Danke, Joe«, sagte sie. »Ich habe gehört, dass es in Cardiff Anzeigen an den Bushaltestellen gibt, die sagen, wann der nächste Bus kommt. Aber es wird noch lange dauern, bis wir solchen Luxus nach Bryn Mawr kriegen.«

Mimi machte sich an der alten Espressomaschine hinter dem Tresen zu schaffen.

»Die funktioniert nicht«, sagte Joe.

»Wie lange schon?«

»Jahre.«

»Und wenn ein Gast Kaffee trinken will?«, fragte Mimi.

»Dann kriegt er Instantkaffee«, sagte Joe und sah ihre angeekelte Grimasse.

Sie ging zu den alten Fotos des Cafés, die an der Wand hingen.

»Du bist sehr hübsch«, sagte Gwen zu ihr.

»Danke«, antwortete Mimi und lächelte.

Joe trat neben sie. »Das da ist Nonno im Jahre 1953«, sagte er und zeigte auf das Foto.

Mimi nickte.

»Da ist der Bus«, sagte Gwen. »Ach, hältst du ihn für mich an, Joe? Bitte.«

»Aber sicher!«

Joe rannte hinaus und fuchtelte dramatisch mit den Armen. Er hoffte, dass Mimi das sah. Der Bus hielt an und Joe sah sich um, gerade als Mimi aus dem Café trat und einen Regenschirm über Gwen hielt. »Sie kommt schon«, sagte er zum Busfahrer.

»Bin ich hier der Maxitaxifahrer?«, fragte der.

»Wieso sind Sie so spät?«, entgegnete Gwen beim Einsteigen.

»Ich hab um die Ecke ein Nickerchen gemacht.«

»Ja, kann ich mir vorstellen.«

Sie fingen an, sich zu streiten, aber dann fragte Joe den Fahrer: »Hätten Sie gern eine Tasse Tee oder Kaffee?«

»Was?«

»Ich kann Ihnen einen Tee bringen, aus dem Café.«

»Soll das ein Witz sein?«

Joe staunte über sich selbst – es war fast, als ob ein anderer gesprochen hätte. »Kein Witz. Wenn Sie dem Café eine SMS schicken, kurz bevor Sie kommen, dann kriegen Sie eine Tasse gratis. So können die Leute drinnen warten, verstehen Sie?«

Die Fahrgäste sahen dem Ganzen zu, während der Regen auf das Busdach prasselte. »Ist das eine Idee?«, fragte der Fahrer.

»Das ist genial«, sagte Gwen. »Wir könnten im Café warten,

warm und trocken, und dann beschweren wir uns auch nicht mehr bei Ihnen.«

Der Fahrer sah zuerst Gwen an und dann Joe. »Eine Tasse gratis?«

»Und das können Sie auch allen anderen Fahrern ausrichten«, sagte Joe.

Die Bustüren schlossen sich zischend. »Abgemacht.«

Vierzehn

Joe suchte sich eine von Nonnos CDs aus. Sie hieß *La Bohème* und war von Puccini. Es war eine wunderschöne Oper – vor allem, weil eine der Hauptpersonen Mimi hieß und weil der Tenor, Rodolfo, sich in sie verliebte. Am Ende des zweiten Aktes roch Joe, dass unten gekocht wurde.

Als er die Küche betrat, war dort Mimi am Werk.

»Du hörst *La Bohème?*«, fragte sie.

»Ja«, sagte Joe.

Mimi legte den Kopf in den Nacken und sang eine Passage, die Joe gerade gehört hatte. Er musste lachen und sie hatte eine wunderschöne Stimme.

»Kochst du gern, Joe?«

Ihm ging auf, dass er es gern tat, auch wenn er nicht wusste, wie man es machte. »Ja«, sagte er und beobachtete Mimi am Herd. Sie zerschnitt gerade gekonnt die Zutaten – das war deutlich zu hören, und Joe fand es aufregend. Sie schien alles total im Griff zu haben.

»Du bist wie Jamie Oliver«, sagte er.

Mimis Augenbrauen schossen in die Höhe. »Ich seh aus wie Jamie Oliver?«

»Nein!«, sagte Joe. »Kein bisschen. Ich meine nur ...« Er zeigte auf ihr Messer.

Sie lachte.

»Kannst du Pizza machen?«, fragte Joe.

Mimi verzog das Gesicht. »Ja, ist einfach, aber Pizza ist keine richtige Mahlzeit.«

»Wieso nicht?«

»Die Leute aus Neapel haben Pizza vor vielen, vielen Jahren erfunden – als kleine Zwischenmahlzeit.«

»Pizza ist aber trotzdem lecker«, sagte Joe und leckte sich die Lippen.

»Hat das Café abends geöffnet?«, fragte Mimi.

»Nein.«

»Warum nicht?«

Joe versuchte, seine Mundwinkel nach unten zu ziehen, schaffte es aber nur, die Augenbrauen zu heben. Mimi musterte ihn fragend, deshalb sagte Joe: »Ich weiß nicht.«

Beim Abendessen waren Mam und Dad schweigsam. Es gab Risotto mit kleinen Gurken und Dolcelatte-Käse. »Köstlich«, sagte Joe in dem Versuch, die angespannte Stimmung aufzulockern.

»Unheimlich lecker«, sagte Dad. »Ich habe gehört, was du den Busfahrern vorgeschlagen hast, Joe. Gute Idee.«

»Bravo«, sagte Mimi. »Ist fantastisch – nein, Lucia?«

»Eine Bushaltestelle mit Stühlen, das sind wir dann«, sagte Mam.

Sie schwiegen wieder, bis Mimi sagte: »Ich möchte die Espressomaschine reparieren.«

»Warum?«, fragte Mam.

»Damit wir frischen Kaffee haben«, sagte Mimi. »Kein Instant.«

»Auch grauenhaft, ja?«, fragte Mam.

Mimi schnitt eine Grimasse. »Ja.«

»Joe«, sagte Mam, »hat sich bei dir schon mal jemand über unseren Kaffee beschwert?«

Joe sah zu Mimi hinüber, die auf seine Antwort wartete. »Nein.«

»Ich möchte trotzdem reparieren«, sagte Mimi.

»Du hast versucht, unseren Gästen ein anderes Frühstück zu servieren, und das gefiel ihnen überhaupt nicht«, sagte Mam. »Dasselbe wird passieren, wenn du ihnen richtigen Kaffee anbietest. Aber wenn du die Maschine reparieren willst, dann von mir aus.«

Nach dem Essen half Joe Mimi bei der Espressomaschine. Sie band sich die Haare hoch, und er fand, dass sie dadurch noch hübscher aussah. Mimi benutzte Werkzeug von Dad und versuchte, die äußere Hülle der Maschine abzumontieren. Als sie sich löste, sagte Mimi: »*Mamma mia! È messo malissimo!*«

»Was bedeutet *malissimo?*«, fragte Joe.

»*Male* ist schlecht. *Malissimo* ist sehr schlecht. Auf Italienisch hängst du *-issimo* an, um etwas zu steigern. Wie ... *bello – bellissimo*. Das bedeutet schön – sehr schön. Oder *brutto – bruttissimo*, hässlich und sehr hässlich.«

»Verstanden.«

Joe konnte sehen, dass große Teile der Espressomaschine total verkalkt waren. Er staunte darüber, wie sehr Mimi sich immer auf ihre aktuelle Arbeit zu konzentrieren verstand, genau wie beim Kochen. Sie starrte die Maschine an und murmelte dabei auf Italienisch.

»Kannst du sie reparieren?«, fragte Joe.

Mimi drehte sich zu ihm um und sagte: »Ja. Ich repariere.«

Joe schaute in ihre wunderschönen dunklen Augen. Er spürte sein Herz hämmern, als ob es ihm sagen wollte, dass er verliebt war – absolut total verliebt.

Fünfzehn

Am nächsten Morgen stand Joe früh auf. Er las die Anweisungen hinten auf der Tube Haargel und betrachtete sich im Spiegel. Dann verrieb er sich das Gel in den Haaren und fing an, sich zu kämmen. Danach sah er älter aus, und das gefiel ihm gut.

Anschließend versuchte er, sich die Haare nach hinten zu streichen, statt sich wie sonst einen Mittelscheitel zu ziehen.

Er starrte sein Spiegelbild an. »Sieht aus wie ein Vampir.«

Als er sich die Haare zerzauste, um lässig auszusehen, ragten sie wie Stachel nach oben. »Boygroup, oder was?«, knurrte er frustriert. Dann kämmte er sich seinen üblichen Mittelscheitel und ging nach unten.

»Was hast du mit deinen Haaren gemacht?«, fragte Mam, und Joe wurde ganz verlegen.

»Die waren total … und da hab ich Haargel reingerieben.«

»Wusste gar nicht, dass du Haargel hast.«

Joe wollte schon die Mundwinkel nach unten ziehen entschied sich dann jedoch für ein Schulterzucken. Die Klingel ertönte, als die

Tür zum Café geöffnet wurde. Eine Frau stand im Eingang. »Stimmt das, was ich gehört habe? Ihr sagt uns, wann der Bus kommt?«

»Stimmt«, sagte Joe. »Kommen Sie ins Warme und wir geben Ihnen Bescheid. Tee oder Kaffee?«

»Na dann – Tee, bitte.«

Stolz grinste er seiner Mam zu, als er anfing, den Tee zuzubereiten.

»Sehr gut, Joe«, sagte sie.

Wieder ertönte die Klingel und Bonner trat zur Tür herein, während sich seine Clique hinter ihm drängte, als ob sie alle an ihm festgebunden wären. »Und – wo steckt sie?«

»Wer?«, fragte Joe und tat, als wüsste er nicht, wer gemeint war.

»Dieses Mädel, von dem ich gehört habe – Mimi. Wo steckt sie?«

»Sie ist ausgegangen.«

»Nein, ist sie nicht«, sagte Mam. »Mimi!«, rief sie zur Küche hinüber. »Besuch für dich!«

Als Mimi ins Café kam, sah Joe, wie Bonner das Kinn runterklappte. »Ach, wo hast du denn mein Leben lang gesteckt, du Herz?«, fragte er, als er ihr seine riesige Pranke hinhielt. »Ich bin Bonner – der Starstürmer vom Rugbyteam der Bryn-Mawr-Schule und außerdem der Star der Stadt.«

Mimi lachte. Joe fühlte sich gar nicht wohl in seiner Haut, als die anderen Jungs sich gegenseitig anstupsten und glotzten. Da tauchte Combi auf, der gerade dabei war, einen Donut zu essen. »Hab euch doch gesagt, die ist umwerfend«, sagte er zu den anderen.

»Gehst du mit Joe zur Schule?«, fragte Mimi Bonner.

Bonner tat, als ob er Joe gerade erst bemerkt hätte. »Ach, richtig«, sagte er. »Wir könnten Joe im Rugbyteam gut in der ersten Reihe einsetzen. Brauchen immer welche, die ein bisschen was wiegen.« Er schlug Joe mit der Hand auf die Schulter, und Joe zuckte zusammen.

»Rugby«, sagte Mam. »Das ist doch mal eine gute Idee, wie du ein bisschen Bewegung bekommst, Joe.«

»Ich kümmere mich um ihn, Mrs Davis«, sagte Bonner und haute Joe noch einmal auf die Schulter. Joe fand das schrecklich, zumal Combi jetzt auf ihn zeigte und für alle hörbar fragte: »Was hast du denn mit deinen Haaren gemacht, Joe?«

Sechzehn

Nach der Schule ging Joe zu Nonno und fand ihn allein vor.

»Wie geht es deiner Mam?«, fragte Nonno leise. »Du weißt schon, wegen Mimi und so.«

»Mimi nervt sie, um ehrlich zu sein, Nonno.«

»Magst du Mimi?«, fragte Nonno.

Joe zuckte steif mit den Schultern und starrte auf seine Knie. Er mochte nicht zugeben, was er für Mimi empfand. »Sie will die Espressomaschine reparieren, damit wir frischen Kaffee anbieten können. Sie findet es eine Sünde, Instantkaffee zu servieren.«

»Da hat sie recht«, sagte Nonno. »Wir sollten uns schämen. Die alte San Marco funktioniert schon seit Jahren nicht mehr. Mimi war heute bei mir und hat mir etwas zu essen mitgebracht. Ach, war das lecker, Joe. Viel besser als der Fraß hier im Krankenhaus. Und sie hat mir von deiner Idee erzählt – dass die Leute im Café auf den Bus warten können.« Nonno lächelte mit halbem Mund – ein Halblächeln. »Aber ich will nicht, dass sich deine Mam übergangen fühlt, Joe. Das alles ist nicht leicht für sie.«

Joe nickte. »Ich wünschte, du wärst wieder im Café.«

»Ich auch.«

»Ich hör mir deine Opern an, Nonno.«

»Gut«, sagte Nonno. »Kannst du nicht mit dem Aufnahmegerät herkommen, Joe? Ich möchte mit der Geschichte weitermachen – dann hab ich etwas zu tun.«

Joe freute sich. »Alles klar, Nonno.«

Auf dem Heimweg stieß Joe mit Combi zusammen. »Alle reden über Mimi«, sagte er.

Das konnte Joe sich sehr gut vorstellen, aber er wollte es nicht genauer wissen. »Ich hab zu tun.«

»Wo willst du denn hin?«, fragte Combi.

»In die Bücherei.«

Als Joe dort ankam, fiel ihm ein, dass er gar keinen Benutzerausweis hatte, und deshalb bat er um ein Antragsformular.

»Was willst du denn lesen?«, fragte Combi, der ihn begleitet hatte, während Joe das Formular ausfüllte.

»Kochbücher.«

»Kochbücher?«

»Ja. Du weißt schon – Rezepte zum Kochen und wie man das macht. Hast du schon mal was gekocht, Combi?«

»Ja ... ein Sandwich.«

»Das ist nicht gekocht.«

»Das war immerhin getoastet!«

Joe ging zum Regal mit den Kochbüchern und fand jede Menge über italienische Küche. Er suchte sich drei Bücher aus, dann ging er zu den Sprachen und hoffte auf einen italienischen Sprachführer. Als er einen fand, in dem es ein ganzes Kapitel über Essen und Restaurants gab, freute er sich.

»Was soll das alles eigentlich?«, fragte Combi.

»Ich bin Italiener und ich will kochen.«

Joe achtete nicht darauf, dass Combi spöttisch mit der Zunge schnalzte, sondern ging mit den Büchern zur Ausgabe.

»Soll ich dir helfen, die zum Café zu tragen?«, fragte Combi, als sie die Bücherei verließen.

»Nein, danke.«

»Sicher?«

»*Nein*, danke.«

»Ich schau später mal rein«, sagte Combi.

»Wozu das denn?«

Combi zuckte mit den Schultern, aber Joe kannte den Grund und ärgerte sich immer mehr.

Siebzehn

Joe schlüpfte durch die Hintertür ins Haus und lief mit den Büchern nach oben in sein Zimmer. Dann ging er wieder nach unten und betrat das Café. Mam stand hinter dem Tresen. »Hallo, Mam.«

»Hallo.«

Joe sah eine große Gruppe Jungs, die zwei der Nischen besetzten. Das fand er seltsam, denn die kamen nach der Schule nie hierher. Normalerweise sammelten sie sich vor dem *Chicken Box*. Combi war bei ihnen und winkte Joe zu.

»Da fragt man sich doch ...«, sagte Mam.

»Wo steckt denn Mimi?«, fragte Combi. In dem Moment ging das Mobiltelefon von Joes Mam.

»Bus nach Ponty im Anmarsch«, sagte sie laut. Einige Gäste standen auf und gingen hinaus. »Kann irgendwer den Tee für den Fahrer mitnehmen?«

Vaughan blieb mit den Jungs übrig. »Ganz schön viel los hier, so plötzlich.«

»Ja. Eine lebhafte Bushaltestelle«, sagte Mam. »Wunderbar.«

Joe hörte eine Tür knallen und dann kam jemand von oben herunter.

Mimi betrat das Café.

»Hallo«, sagte Joe.

Die Jungs sprangen auf und einer schnappte nach Luft.

»Ich geh weg«, sagte Mimi. »Du kommst mit, Joe?«

»Sicher.« Er schaute zu den Jungs hinüber. »Meinst du, du schaffst das, Mam?«

»Mehr oder weniger«, antwortete sie. »Und für den Notfall hab ich immer noch dein Handy.«

»Ich hole meine Jacke.«

Joe lief in die Küche, aber als er ins Café zurückkehrte, war Mimi schon von Jungs umringt.

»Die kommt aus Italien«, erklärte Combi. »Joes Cousine.«

Joe drängte sich durch die Gruppe. »Jetzt lasst ihr doch Luft zum Atmen.«

»Combi«, sagte Mimi. »Möchtest du heute Abend zum Essen kommen?«

Die Jungen verstummten ganz plötzlich.

»Warum?«, fragte Joe.

»Er ist dein Freund«, sagte Mimi. »In Italien laden wir Freunde zum Essen ein.«

»Warum nicht?«, fragte Combi und grinste Joe an. »Ich muss meine Mam fragen, aber die hat sicher nichts dagegen.«

Joe ging mit Mimi los. Er fand es großartig, wie sie hoch erhobenen Hauptes durch die Straße lief, während ihre Haare bei jedem Schritt wogten, als fänden sie wiederum es großartig, auf Mimis Kopf zu sitzen. Zu Joes Pech schloss sich die Gruppe Jungs um sie wie bei einem Rugby-Angriff, und als sie beim *Chicken Box* ankamen, waren sie komplett umringt.

»Du bist Mimi, oder nicht?«, fragte Cathy Jones.

»Ja.«

»Wir ham von dir gehört.«

»Sie is wunderhübsch«, sagte ein anderes Mädchen und zustimmendes Gemurmel war zu hören. »Schöne Haare.« »Tolle Augen.«

Ryan Jenkins hielt ihr seine Pommes hin. »Mal probieren?«

Mimi nahm etwas, betrachtete es und biss hinein. Dann rümpfte sie die Nase. »Das ist fettig und weich.«

»Weiß ich«, sagte Ryan. »Lecker, oder?«

»Dieses Essen ist sehr, sehr schlecht für dich«, sagte Mimi.

Joe nickte zustimmend. »Jamie Oliver«, sagte er.

»Sag mal was auf Italienisch«, bat Cathy Mimi.

»Mi chiamo Mimi. Piacere di conoscerti«

»Was bedeutet das?«

»Ich heiße Mimi. Ich freue mich, dich kennenzulernen«, sagte Joe.

»Du heißt doch überhaupt nicht Mimi«, sagte Ryan und die anderen lachten.

»Sie sieht dir kein bisschen ähnlich, Joe«, sagte Cathy.

Alle starrten ihn an, hielten Ausschau nach Ähnlichkeiten, und die Zeit stand still. »*Malewskis Emporium?*«, fragte Mimi und zeigte auf die andere Straßenseite. »Was ist das da?«

»Ein Laden für Leute aus Polen«, sagte Combi. »Und so.«

Mimi lief über die Straße und die anderen folgten ihr.

»Also dann, bis zum Abendessen«, sagte Combi zu Joe, als sie hinterhergingen.

»Wenn deine Mam das erlaubt.«

»Hat sie also nach mir gefragt?«

»Wer?«

»Mimi.«

Joe blieb stehen. »Nach dir gefragt? Nein, hat sie nicht.«

»Sicher nicht?«

Da wurde Joe plötzlich herumgerissen und fand sich Bonner gegenüber wieder. »Davis! Ich will Mimis Handynummer. Ich lade sie zum Rugbyspiel am Samstag ein.«

»Ich glaube, sie hat gar keins«, sagte Joe und sah, wie Mimi in Mr Malewskis Laden verschwand.

»Komm mir doch nicht so«, sagte Bonner. »Sogar die Katze meiner Mam hat ein Handy. Wie ist ihre Nummer?«

»Weiß ich nicht.«

»Willst sie wohl für dich behalten, was?«

»Nein.«

»Will er doch, Bon«, sagte Combi. »Mimi hat mich zum Essen eingeladen und er ist eifersüchtig.«

Bonner starrte Combi wütend an. »Sie hat dich zum Essen eingeladen?«

»Ja.«

»Wieso denn das?«

Combi zuckte mit den Schultern. »Vielleicht ist sie scharf auf mich.«

Bonner brüllte vor Lachen. »Toller Witz.« Er knallte Combi die Hand auf die Schulter. »Ich sag dir, sobald Mimi mich beim Rugby sieht, wenn ich die anderen Spieler abschüttele wie Krümel, dann wird sie schwach – das kannst du mir glauben.«

Joe sah Bonner besorgt nach, als dieser wegging.

»Sie würde Bonner doch nicht mal von hinten ansehen«, meinte Combi. »Oder?«

»Nein«, sagte Joe, während er Mimi nachlief, aber sicher war er sich da nicht.

Achtzehn

Die Kinder waren vor dem Laden stehen geblieben, als Joe *Malewski's Emporium* betrat. Er sah Mimi mit einem kleinen Mädchen vor einem Kühlschrank stehen. »Was suchst du denn?«, fragte er.

»Mich interessieren andere Gerichte, Joe«, sagte Mimi. »Und andere Zutaten.«

»War noch nie hier«, sagte Joe und sah sich um.

»Warum nicht?«, fragte das Mädchen.

Joe zuckte mit den Schultern. »Ist doch für Polen, oder?«

»Essen ist Essen, Joe«, sagte Mimi. »Das ist Marta. Sie arbeitet hier.«

»Arbeitet hier?«

»Nach der Schule. Da helfe ich aus«, sagte Marta. »Der Laden gehört meinem Dad und er hat mir gesagt, wenn ich achtzehn bin«, sie hob sieben Finger, »also in sieben Jahren, kann ich stellvertretende Managerin sein.« Sie zwinkerte Joe zu.

»Was ist das?«, fragte Mimi und hielt ein Glas hoch.

»Eingelegter Weißkohl«, antwortete Marta.

»Köstlich«, sagte Mimi.

»Willst du was kaufen oder dich nur umsehen?«

Joe drehte sich um und sah einen jungen Mann mit mehreren Kartons unter dem Arm. Er murmelte Marta etwas auf Polnisch zu, und sie hob die Hände und gab irgendeine Antwort. Der junge Mann starrte Mimi wütend an. »Bist du Polin?«

»Nein. Italienerin.«

»Hier gibts kein italienisches Essen.«

»Das ist mein Bruder Dariusz«, sagte Marta. »Er wird für mich arbeiten, wenn ich den Laden übernehme.«

Dariusz lachte und zeigte dabei einen Goldzahn. Joe fand ihn unhöflich, registrierte aber, dass er durchdringende blaue Augen hatte und seine Hemdsärmel weit hochgekrempelt waren und muskulöse, tätowierte Arme zeigten.

»Habt ihr nur polnisches Essen?«, fragte Mimi.

»Nein«, sagte Marta. »Wir haben auch Lebensmittel aus Russland, Bulgarien, Litauen, Rumänien ...«

»Warum nicht aus Italien?«

»Italienisches Essen gibt es überall – in jedem Supermarkt«, sagte Dariusz. Er trat näher an Mimi heran – zu nah für Joes Geschmack.

Marta stellte sich zwischen die beiden. »Die Leute kommen her, weil sie Sehnsucht nach Sachen aus ihrem Land haben, verstehst du?«, erklärte sie. »Sie bezahlen, sind glücklich, wenn sie gehen, und wenn sie traurig werden und wieder Heimweh haben, dann kommen sie zurück. Gutes Geschäft, ja?« Sie grinste.

»Sehr gut«, sagte Mimi.

Joe versuchte, seine Mundwinkel nach unten zu ziehen, aber wieder konnte er nur die Augenbrauen heben. Er musste üben.

»Hallo, Joe«, sagte Mr Malewski, der in dem Moment aus dem Hinterzimmer in den Laden kam. »Ich habe das mit deinem Großvater gehört. Wie geht es ihm?«

»Auf dem Weg der Besserung«, sagte Joe.

»Gut, gut.«

Marta sagte wieder etwas auf Polnisch. Mr Malewski nickte. Marta nahm eine vakuumverpackte Wurst aus dem Kühlschrank und reichte sie Mimi. »*Kabanos* – sehr gute polnische Wurst.«

»Wie viel?«, fragte Mimi.

»Gratisprobe«, sagte Mr Malewski. »Für Mr Morelli und für Sie, schöne Dame.«

»Danke«, sagte Mimi.

»Komm bald mal wieder und probier etwas anderes aus«, sagte Marta. »Eines Tages wird dieser Laden mir gehören.« Mr Malewski lachte, als Marta und Dariusz zu streiten anfingen.

Joe und Mimi kehrten zum Café zurück, und wieder scharten sich die Kinder um sie zusammen. Joe dachte darüber nach, wie gelassen und erwachsen Mimi wirkte, und er fragte sich, ob viele Frauen Männer heirateten, die jünger waren als sie selbst.

»Wie alt bist du, Mimi?«, fragte Combi, als ob er Joes Gedanken gelesen hätte.

»Zwanzig«, sagte Mimi. »Warum?«

»Ich hätte dich für älter gehalten«, sagte Combi.

Joe hielt ihn zurück, während Mimi weiterging. »Das war unhöflich.«

»Nein«, sagte Combi. »Es ist unhöflich, wenn man das zu alten Frauen sagt wie unseren Mams, aber für junge Frauen ist es ein Kompliment – echt.«

»Quatsch-*issimo*«, sagte Joe.

»Was?«

»Auf Italienisch hängt man hinten an ein Wort *-issimo* an, um es zu steigern.«

Er sah, dass Mimi gerade das Café betreten wollte, und rannte ihr hinterher.

Als er ankam, knallte er eilig die Cafétür zu. »Wir haben geschlossen«, brüllte er die Kinder draußen an.

»Joe, wir haben noch eine halbe Stunde offen«, sagte seine Mam.

»Die lungern doch bloß rum«, sagte Joe und schloss die Tür ab. »Wir machen heute früh Feierabend.«

»Dann bis zum Abendessen«, sagte Combi durch das Fenster.

Joe zog das Rollo herunter.

»Was wollte Mimi denn bei Malewski?«, fragte Mam.

»Sie interessiert sich für Lebensmittel.«

»Was, sogar für polnische?«

»Ja, Mam. Ist daran irgendwas auszusetzen?«

Joe ging nach oben und fing an, in seinen Büchern zu lesen.

Neunzehn

Joe lief das Wasser im Munde zusammen, als er die Rezepte in den Kochbüchern überflog. Er glaubte sogar, den Duft von Gewürzen und Kräutern zu riechen, aber dann ging ihm auf, dass Mimi unten kochte. Er beschloss, das sei der richtige Moment zum Fragen.

In der Küche fand er sie wie so oft ganz auf ihre Arbeit konzentriert vor. Sie schien schon ziemlich weit gekommen zu sein, deshalb deckte Joe den Tisch zum Abendessen. »Mimi …«

Sie antwortete mit einem Klirren.

»Ich hab Nonno immer beim Kochen zugesehen …«

»Ist er gut?«

»Ja, sehr.«

Mimi zerschnitt wild eine Zwiebel und Joe musste brüllen, um sich Gehör zu verschaffen. »Würdest du mir Kochen beibringen?«

Mimi hielt inne und drehte sich um. »Sicher, Joe«, sagte sie lächelnd. »Eine Pastasoße ist einfach«, fügte sie hinzu. »Du brätst Zwiebelstücke und Knoblauch an und gibst eine Dose Tomaten hinzu. Dann nimmst du, was du gerade möchtest – Fleisch oder Fisch,

Erbsen, Gurken, Champignons und immer Salz, Pfeffer und Kräuter.«

Sie redete beim Kochen weiter.

Joe registrierte, wie sehr sie beim Reden ihre Hände einsetzte. Vor allem eine Geste kam immer wieder vor, bei der sie Fingerspitzen und Daumen aneinanderlegte und die Hand hin und her bewegte, so als ob sie etwas schüttelte. »Warum machst du das mit deiner Hand?«, fragte er und führte ihr die Geste vor.

»Alle Italiener reden mit den Händen. Das hier«, sagte sie und wiederholte die Handbewegung, »kann bedeuten: *Kannst du das fassen?!*, oder: *Wovon redest du?*«

Joe lachte, denn diese Geste passte gerade so gut – als ob Mimi genau das betonen wollte, was sie sagte. Die Glocke an der Hintertür ertönte.

Joe öffnete sie und vor ihm stand Combi mit einem Blumenstrauß in der Hand. Sein Freund kam ihm auf irgendeine Weise anders vor. »Was hast du mit deinen Haaren gemacht?«

»Nichts«, sagte Combi, als er an Joe vorbeiging und Mimi die Blumen überreichte. »Für dich.«

»Ach, danke.« Mimi küsste ihn auf beide Wangen.

Joe hatte Combi nicht mehr so rot werden sehen, seit dessen Hose geplatzt war, als er sich nach einem Schokoriegel gebückt hatte.

»Gib mir deine Jacke«, sagte Joe.

»Was willst du mit meiner Jacke?«

Joe sah, dass Combi Mimi mit einem Grinsen anstarrte, als stände er vor einem Korb voller Hundebabys. »Also … wie gehts denn so?«, fragte Joe.

»Gut«, antwortete Combi, ohne ihn auch nur anzusehen.

»Wollen wir 'ne Runde spielen?«, fragte Joe, um ihn abzulenken.

»Nein. Mach du ruhig«, sagte Combi. »Ich bleibe hier.«

Joe wurde von einer Welle der Verärgerung getroffen, die so stark war wie der Geruch der bratenden Zwiebeln. Er hatte einen Rivalen um Mimis Gunst, und dieser Rivale war sein bester Kumpel.

Zwanzig

Alle setzten sich zum Essen, und Mimi fing an, Portionen zu verteilen. Die Teller wurden am Tisch weitergereicht. »Etwas zu trinken, Combi?«, fragte Dad.

»Cola, bitte.«

»Eigentlich«, sagte Joe, »sind Wasser oder Wein eine bessere Begleitung für eine Mahlzeit.«

»Das hast du aus einem Buch, was?«, fragte Combi, als ein Teller vor ihn hingestellt wurde. »Was ist das hier?«

»Geflügelschnitzel in Brotkrümeln«, sagte Mimi.

Combi stocherte im Gemüse herum. »Was ist das hier – Zwiebel?«

»Fenchel«, sagte Mimi.

»Was ist Fenchel?«, fragte Combi.

Joe schnalzte missbilligend mit der Zunge.

»Also, was ist Fenchel?«, wollte Combi nun von ihm wissen.

Joe geriet in Panik. »Das ist doch Fenchel, oder?«

»Das haben wir noch nie gegessen«, sagte seine Mam zu Mimi.

»Ich schon!«, sagte Joe.

»Und wie schmeckt es also?«, fragte Mam.

Joe wusste es nicht, aber ehe er antworten konnte, sagte Combi: »Lakritz. Das schmeckt nach Lakritz. Ganz schön komisch.«

Joe probierte schnell. »Nicht Lakritz. Anis.«

»Schmeckt dir das, Combi?«, fragte Mimi.

»Ja. Es ist so wunderbar wie du«, sagte er.

»Ach, was für ein Charmeur«, sagte Mam.

Joe musste ein Stöhnen unterdrücken. *»È molto buono«*, sagte er zu Mimi gewandt. *»Buonissimo!«*

»Du sprichst Italienisch, Joe!«, sagte sie.

»Un poco«, antwortete er. *»È pieno ... di sapore. Saporissimo!«*

»Was bedeutet das?«, fragte Combi.

»Es ist voll von Geschmack«, sagte Joe.

»Ja, wie Cola«, erwiderte Combi.

»Ach, übrigens, Joe«, sagte Mam. »Ich hab dich zum Rugbytraining angemeldet.«

»Was? Das will ich doch gar nicht.«

»Ach, hör auf«, erwiderte Mam. »Mr Carter sagt, er freut sich immer über Neuzugänge. Es ist am Samstag, um halb drei auf dem Sportplatz von Bryn Mawr.«

»Vielleicht bist du ein Naturtalent«, sagte Dad. »Ein angehender walisischer Nationalspieler.«

»Ich kann Eintrittskarten verkaufen«, sagte Combi, und Joe versetzte ihm unter dem Tisch einen Fußtritt.

»Ach ja, Rugby«, sagte Mimi. »Bonner hat mich zum Spiel eingeladen.«

»Das wird total öde werden«, sagte Combi. »Öd-*issimo*«, fügte er hinzu und grinste Joe zu.

»Wenn Joe spielt, geh ich«, sagte Mimi.

»Okay, ich begleite dich«, sagte Combi.

»Nicht nötig«, sagte Joe.

»Ich möchte aber«, sagte Combi. Sie starrten einander wütend an.

»Combi, was isst du denn zu Hause gern?«, fragte Mimi.

»Kommt drauf an«, sagte er und verschränkte die Finger. »Aber ganz allgemein, Mimi, ess ich am liebsten Fischstäbchen.«

»Fisch … stäbchen?«, wiederholte sie. »Was ist das denn?«

»Fisch in Brotkrümeln«, sagte Dad.

»Durchaus keine Qualitätskost«, fügte Joe hinzu.

»Wie meinst du das – ›keine Qualitätskost‹?«, fragte Combi.

»Na, die schmecken nicht so gut wie echter Fisch, oder?«, fragte Joe.

»Doch, tun sie wohl – keine schleimige Haut. Ich liebe Sandwiches mit Fischstäbchen.«

»Sandwich mit Fisch… stäb …chen«, wiederholte Mimi.

»Bei uns gibt es auch manchmal Fischstäbchen«, sagte Mam. »Und ich habe von dir noch keine Klagen gehört, Joe.«

»Nicht sehr oft«, sagte Joe zu Mimi. »Vielleicht, wenn nicht Nonno kocht.«

»Danke, Joe«, sagte Mam. »Und wenn du mir den Teller hinhältst, weil du mehr willst, dann musst du dich gewaltig überwinden, ja?«

Combi zeigte auf ihn. »Ha!«

»Nonno hat mich gebeten, ihm das Aufnahmegerät zu bringen«, sagte Joe, um das Thema zu wechseln.

»Wieso das denn?«, fragte Mam.

»Er möchte unsere Geschichte weitererzählen, Mam – die Geschichte vom *Café Morelli!*«

»Joe! Kannst du mal in die wirkliche Welt zurückkommen?«, fragte Mam. »Er hatte gerade erst einen Schlaganfall!«

»Er will es aber«, sagte Joe. »Er meint, dass ihm das helfen würde. Er langweilt sich im Krankenhaus.«

»Würde ihm guttun, Liebes«, sagte Dad. »Beschäftigung – das ist das Stichwort.«

Mam seufzte. »Dann bring ihm das Gerät, aber bedräng ihn nicht, Joe.«

Sie aßen weiter. Joe schaute zu Mimi hinüber. Er hatte im Internet entmutigende Auskünfte über Frauen mit jüngeren Männern gefunden – sie wurden mit schrecklichen Namen belegt wie »Wiegendiebin« und »Puma«, und die Männer hießen »Beutejungs«. Er merkte, dass Combi sie wieder anstarrte.

»Combi. Kennst du *Rigoletto?*«, fragte er, um seinen Freund abzulenken.

»Ein Videogame?«

»Nein. Eine Oper von Verdi. Saugut.«

Combi verdrehte die Augen.

»Vor allem, wenn Rigolettos Tochter entführt wird«, sagte Joe. »Sie machen das aus Jux, weil sie sie für seine Freundin halten, verstehst du, aber sie ist seine Tochter und er hält sie versteckt.«

»Klingt krank-*issimo*«, sagte Combi.

Joe schüttelte den Kopf. »Ist es aber nicht. Das ist eine Oper.«

»Übrigens, Mimi«, sagte Mam. »Wie geht es deinen Eltern?«

»Mamma gehts gut. Sie näht ein bisschen für Leute, geht putzen und so.«

»Und Papà?«

»Weg«, sagte Mimi.

»Tot?«

»Nein. Hat eine Tänzerin aus Rom getroffen und ist weg.«

»Wie schrecklich!«

»Ja. Schlechter Mann«, sagte Mimi. »Und sie ist nicht einmal eine gute Tänzerin.«

Mam schüttelte den Kopf.

Dad sprang auf. »Joe, Combi! Ihr könnt jetzt beim Spülen helfen.«

Einundzwanzig

Nonno schlief, als Joe das Krankenzimmer betrat, deshalb stellte er das Aufnahmegerät neben das Bett und schrieb einen Zettel.

Lass Dir Zeit, Nonno. Mach es, wenn Du in der richtigen Stimmung bist. Alles Liebe, Joe, x.

Als er wieder auf der High Street stand, war es schon dunkel – nur Malewski und der Buchmacher hatten noch offen. Als er am Café vorbeiging, sah er Mimi, die sich die Haare hochgesteckt hatte und an der Espressomaschine arbeitete. Joe winkte ihr zu, aber sie schien ihn nicht zu sehen, so sehr war sie in ihre Aufgabe vertieft.

Er rannte in die Seitenstraße und zum Hinterhof des Cafés. Als er in die Küche kam und seine Jacke auszog, war er ganz außer Atem. Er überprüfte im Spiegel seine Frisur und betrat das Café so lässig er konnte.

»Hallo«, sagte er. »Soll ich helfen?«

»Ja, du kannst das hier sauber machen«, sagte sie und reichte ihm ein Teil der Maschine, das total verkalkt war.

Joe krempelte die Ärmel hoch und fing an zu schrubben. Er warf einen Blick auf seinen Bizeps, war aber enttäuscht davon, wie schwabbelig der wirkte. In dem Licht, das von der glänzenden Espressomaschine zurückgeworfen wurde, fand er Mimi noch schöner, aber sie kam ihm traurig vor. »Stimmt was nicht, Mimi?«

Sie drehte sich zu ihm um und eine Haarsträhne fiel ihr ins Gesicht. »Ist nicht wichtig.«

Joe dachte daran, dass ihr Vater mit einer Tänzerin durchgebrannt war. »Ich möchte es aber wissen«, sagte er. »Ich meine ... Familien, oder?«

Mimi lächelte und streichelte seine Wange. Joes Gesicht wurde heiß, als ob ihre Hand magische Fähigkeiten besäße. »Hast du vielleicht Heimweh nach Italien?«, fragte er.

»Ja, ein bisschen, aber ... dieser Ort hier macht mich traurig, Joe.«

»Was denn, das Café?«

Sie nickte. »Ich rede mit Nonno im Krankenhaus und er sagt mir, wie das Café war, vor langer Zeit. Ein Café ist wie ein Mensch, Joe – jedes ist anders. Manche Cafés sind locker, andere sind ... wie sagt ihr ...« Sie versuchte einen hochnäsigen Gesichtsausdruck.

»Abgehoben?«

»Ja. Manche Cafés sind glücklich, aber dieses hier ... dieses hier ist traurig.«

Joe schaute sich um und ihm ging auf, dass sie recht hatte.

»In Italien«, sagte sie, »alle lieben die Cafés oder die Restaurants.

Sie treffen sich dort und reden, aber nicht 'ier, und das macht mich traurig.«

»Gibt es ... gibt es jemanden, bei dir in Italien?«, fragte Joe, denn das wollte er unbedingt wissen. »Ich meine ... einen Freund?«

»Nein«, sagte Mimi. »Aber einmal ...«

»Ja?«, fragte Joe.

Mimi machte ein seltsames Gesicht, so als ob sie durch Mauern blicken könnte. »Meine Stadt hat ein Festival mit Essen aus der Region. Wurst, Pasta, Käse, Brot, alles. Es wird auch gekocht ... alle teilen und probieren. Es ist fantastisch. Da war ein junger Mann, der frische Tomaten kochte. Ich frage ihn, was er macht. Er sagt zu mir, ›eine Soße‹, aber er hat mich nicht mal angeschaut – *antipatico.*«

»*Anti-* was?«

»*Antipatico* – das bedeutet: nicht nett, grob. Er kocht und probiert, kocht und probiert. Und dann mischt er die Soße mit der Pasta und alle dürfen probieren. Also ich probiere.«

»Und?«

»Oh.« Sie hob ihre Fingerspitzen und küsste sie. »Es war wunderbar und so schlicht, Joe. Fantastisch. Ich sehe ihn an und er sieht mich an ... und dann ... *PATTACRACK!*«

»Was?«

»Als ich in seine Augen schaue, höre ich *PATTACRACK*«, sagte Mimi und riss die Augen ganz weit auf. »Wie Donner.«

»Sah er gut aus?«

Mimi zog ihre Mundwinkel nach unten. »Nicht richtig – große Nase, große Ohren.« Sie lachte. »Aber das ist nicht wichtig, Joe. Sein Essen ... *mamma mia!*«

»Und was ist dann passiert?«

»Meine Freunde ziehen mich weg, anderes Essen probieren, und als ich zurückgehe, ist er weg.«

»Aber er muss doch aus dem Ort gewesen sein«, sagte Joe.

Mimi schüttelte den Kopf. »Ich geh am nächsten Tag zum Pastamacher. Tu so, als ob ich seine Pasta kaufen wollte. Ich frag nach dem Mann, der die Soße kocht. Er sagt: ›Ah, Giovanni? Der ist wieder in Neapel.‹ Er ist einfach verschwunden, Joe, wie der Geschmack seiner Soße – wunderbar, aber weg.« Sie starrte aus dem Fenster, als ob sie ihn dort draußen entdecken könnte.

»Bist du nicht nach Neapel gefahren, um ihn zu suchen?«

»Konnte ich nicht. Mamma brauchte mich, und ich hatte kein Geld.« Sie schaute ihn an und legte den Kopf schief. »Hast du schon mal jemandem in die Augen geblickt und Donner gehört, Joe?«

»Keinen Donner«, sagte er. »Einmal hab ich Musik gehört.«

Da klopfte es an das Fenster. Joe sah einen elegant angezogenen jungen Mann und fragte sich einen Moment, ob es Giovanni sein könnte oder ein neuer Verehrer von Mimi. »Wir haben geschlossen«, sagte er, obwohl er fand, dass das ja wohl offensichtlich sei.

»Ich habe einen Termin mit Mrs Davis«, sagte der Mann von draußen. »Ich bin Immobilienmakler.«

Joe öffnete die Küchentür und brüllte nach oben: »Mam! Draußen steht so ein Typ – behauptet, er ist Immobilienmakler, und will zu dir!«

»Lass ihn rein, Joe.«

Joe ging um den Tresen herum und schloss die Tür des Cafés auf. Der Mann kam herein und wischte sich den Regen ab. »Das gießt ja vielleicht!«, sagte er. Er schaute sich im Café um. »Na, das ist aber mal retro.«

»Guten Abend«, sagte Mam, die gerade hereinkam. »Sie sind sicher Mr Rawlings von der Maklerfirma.«

Joe ärgerte sich. »Mam, hast du Nonno gesagt, dass dieser Kerl kommt?«

»Wirklich, Joe.« Sie drehte sich zu dem Mann um und sagte: »Bitte, kommen Sie mit, dann führe ich Sie herum.«

»Sie verkauft tatsächlich«, sagte Joe, als Mam und der Makler nach oben gingen.

»Aber das hast du doch gewusst, oder?«, fragte Mimi.

»Ja, nur nicht, dass es so schnell geht. Nicht, solange Nonno noch im Krankenhaus liegt.« Er starrte die beiden Schwarz-Weiß-Fotos an der Wand an. »Nicht jetzt.«

»Armer Joe«, sagte Mimi und berührte seinen Arm, aber Joe ging auf, dass es den anderen nichts ausmachte – nicht so viel wie ihm.

Zweiundzwanzig

Nach der Schule ging Joe sofort ins Krankenhaus und erzählte Nonno von dem Makler.

»Du darfst nicht vergessen, Joe«, sagte Nonno, »das Café gehört deiner Mam. Sieh mich doch an – ich bin jetzt keine Hilfe.«

»Aber Mimi ist doch hier und kann helfen.«

»Nur für eine gewisse Zeit«, sagte Nonno. »Ich weiß, was du denkst, nur musst du dir etwas klarmachen – das Café ist unser Familienunternehmen, aber ich habe es deiner Mam überschrieben, als es schon Schwierigkeiten gab. Was ist das denn für ein Erbe? Ich hatte gehofft, etwas würde sich ändern, doch das ist nicht ihre Schuld. Das Geschäft mit den Mittagessen war zu Ende, als die Zechen stillgelegt wurden und dann vor einiger Zeit noch die Fabrik. Die Leute gehen nicht essen, Joe, hier nicht. Und jetzt will deine Mam verkaufen. Wie könnte ich ihr da Schwierigkeiten machen?«

Nonnos Gesicht war verhärmt und traurig. »Das geht wohl nicht«, sagte Joe.

»Ich habe mehr von der Geschichte für dich aufgenommen«, sagte Nonno und hielt die Kassette hoch.

Als er nach Hause kam, ging Joe gleich auf sein Zimmer.

Ich weiß noch, wie Hitler 1939 in Polen einmarschiert ist. Papà und Mario machten sich Sorgen, weil Großbritannien und Frankreich Deutschland den Krieg erklärten, aber Italien und Mussolini verhielten sich still. Es war eine sehr angespannte Zeit. Großbritannien war im Krieg. Alle waren nervös. Mussolini glaubte, Hitler habe Erfolg, und er wollte etwas davon abhaben. Dann marschierte Hitler in Frankreich ein und wir fingen wirklich an, uns Sorgen zu machen.

Ich glaube, Papà wusste, was bevorstand, und er fing an, Vorräte zu hamstern. Er kochte rund um die Uhr ein und er trocknete Bohnen, Mais und Kartoffeln. Eines Tages half ich ihm, einige Fische einzusalzen, um sie haltbar zu machen. »Was wird passieren, Papà?«, fragte ich.

Er hielt inne und starrte mich an, als ob er überlegte, ob ich groß genug wäre, um die Wahrheit zu hören. »Italien wird sich Deutschland anschließen und Großbritannien den Krieg erklären.«

»Nein, Papà«, sagte ich. »So dumm ist Mussolini nicht.«

Nur zwei Tage später, sehr früh am Morgen, hörte ich oben in meiner Mansarde das Klopfen. Es war ein wütendes Klopfen und ich wusste ganz einfach, dass etwas Schreckliches passieren würde.

Wachtmeister Williams und ein Offizier von der Armee kamen in die

Küche hinter dem Café. Ich weiß noch, dass Wachtmeister Williams immer wieder sagte: »Tut mir leid, Mr Morelli.«

Der Offizier erklärte, dass Mussolini sich Hitler und Deutschland angeschlossen habe und dass die britische Regierung deshalb alle feindlichen Ausländer internieren wolle. Diesen Ausdruck werde ich nie vergessen – feindliche Ausländer.

Papà war verwirrt, deshalb drückte der Polizist es einfacher aus. »Sie sind verhaftet.« Mamma fing an zu weinen, aber Papà lachte nur. Er küsste sie und sagte ihr, sie sollte sich keine Sorgen machen, er werde bald wieder da sein. Aber Wachtmeister Williams schüttelte den Kopf. »Tut mir leid, Mr Morelli, das werden Sie nicht. Sie werden ins Armeelager gebracht und dort auf unbestimmte Zeit interniert.«

»Als Kriegsgefangener«, fügte der Offizier hinzu.

»Aber ich lebe hier doch schon seit Jahren«, sagte Papà. »Ich habe das Café eröffnet, ich arbeite hier und habe Freunde. Mussolini ist ein Clown. Meine Schwester und Mario, ihr Mann, sind aus Italien weggegangen, um hier in Wales zu leben!«

»Ich habe meine Befehle«, sagte der Offizier. »Ich gebe Ihnen und Ihrem Schwager fünf Minuten, um das Notwendigste zusammenzupacken, und dann kommen Sie mit.«

Ich begriff, dass hier etwas passierte, was sich nicht innerhalb weniger Tage klären lassen würde. »Ich gehe mit Papà«, sagte ich.

»Nein. Du bist minderjährig«, sagte der Offizier. »Und du bist hier geboren worden, damit bist du britischer Staatsangehöriger.«

»Ich bin Italiener!«, brüllte ich.

»Hör zu!«, sagte Papà und packte meine Schultern. »Du musst mich hier vertreten. Du musst Mamma und Zia helfen. Du musst tapfer sein und das Café leiten. Du weißt ja, wie das geht. Eines Tages wird der Krieg zu Ende sein und alles wird wieder normal.«

Er küsste mich und verabschiedete sich von Mamma, dann wurden er und Mario abgeführt. Ich konnte nicht verstehen, wie das möglich war. Warum glaubten die Briten, alle Italiener festnehmen zu müssen? Sie machten das natürlich auch mit den Deutschen überall im Land. Und in diesem Moment, so verwirrt und wütend ich auch war, musste ich das Café öffnen. Mamma wollte es geschlossen lassen. »Und wovon leben wir dann?«, fragte ich.

Es war alles, was uns geblieben war. Es war alles, was wir hatten. Also machten wir auf.

Joe hielt das Band an. Er saß da und staunte. Er hatte keine Ahnung gehabt, dass so etwas passiert war. Er lief sofort nach unten.

Dreiundzwanzig

Gwen war der einzige Gast, als Joe das Café betrat. »Mam«, sagte Joe, »hast du gewusst, dass Uropa im Krieg interniert worden ist?«

»Ja, das war schrecklich«, sagte sie. »Einige Italiener lebten schon seit vielen Jahren in Wales, noch länger als er, aber das spielte keine Rolle. Sie waren keine Faschisten, doch die Regierung hatte beschlossen, sie sicherheitshalber trotzdem festzunehmen.«

»Aber warum?«, fragte Joe. »Was hatten sie denn von den Italienern zu befürchten?«

»Sie glaubten, wenn sie mit den Faschisten sympathisierten, würden sie die Kriegsanstrengungen behindern«, sagte Mam. »Aber Nonnos Papà stimmte gar nicht mit den Ansichten Mussolinis oder Hitlers überein. Wieso fragst du danach?«

»Ich habe mir die Bänder angehört, die Nonno besprochen hat«, erklärte Joe.

»Ach«, sagte sie und holte tief Luft.

»Du siehst müde aus, Mam.«

»Ja. Hab letzte Nacht nicht gut geschlafen.«

»Dann geh doch ein bisschen rauf und ruh dich aus«, sagte Joe. »Ich kann hier alles übernehmen, bis wir schließen.«

»Danke, Lieber.« Sie küsste ihn und ging nach oben.

Joe machte eine Tasse Tee und brachte sie Gwen. »Aufs Haus«, sagte er, als er sich zu ihr und Mimi setzte.

»Ach, danke, Joe«, sagte Gwen. »Ich hab gehört, deine Mam will das Café aufgeben?«

»Ja.«

»Das ist eine solche Schande!«, sagte Gwen. »Wo soll ich dann hin? Vor allem jetzt, wo du uns Bescheid gibst, wenn der Bus kommt. Das war wirklich ein Dienst an der Allgemeinheit.«

Joe war überrascht, weil er nicht viel Zeit im Café verbrachte.

»Gwen«, sagte Mimi, »darf ich fragen, was Sie abends machen?«

»Ich? Zu Hause bleiben. Fernsehen. Warum?«

»Gehen Sie abends nie aus?«

»Aber nein. Wenn ich abends aus dem Haus gehe, dann nur, um meine Mülltonne ans Gartentor zu schieben.«

»Gehen Sie denn nie mit Ihren Freunden essen?«

»Das kann ich mir nicht leisten.«

Bei Joe traf eine SMS ein. »Bus nach Ponty im Anmarsch.«

»Das ist meiner«, sagte Gwen. »Bis dann.«

Joe öffnete die Tür für sie.

»Sie ist einsam«, sagte Mimi, als Gwen gegangen war. »Deshalb kommt sie her.«

Joe begriff, dass Mimi recht hatte, als er sah, wie Gwen zum Bus ging.

»Ich würde gern die Aufnahmen hören, von denen du erzählt hast, Joe«, sagte Mimi.

»Nonnos Aufnahmen?«

»Ja. Macht das was?«

»Nein. Natürlich nicht.«

Vierundzwanzig

Joe fand es schön, die Bänder noch einmal zu hören, vor allem, weil er sie mit Mimi teilen konnte, die neben ihm saß. Sie schalteten den Rest der neuesten Aufnahme ein.

Mitten in der Nacht hörte ich, wie das Fenster eingeworfen wurde. Ich wusste sofort, dass das mit Absicht geschehen war. Ich konnte nicht verstehen, warum die Leute uns hassten. Sie hassten uns, weil wir dieselben Menschen waren, die wir immer schon gewesen waren – hart arbeitende Italiener. Wir mussten mitten in der Nacht aufstehen und das eingeworfene Fenster mit Brettern vernageln. Ich fand einen Ziegelstein mit dem Zettel: Faschisten, haut ab. *Den habe ich Mamma nicht gezeigt, sie war ohnehin schon verzweifelt genug.*

Am nächsten Morgen zog ich ganz bewusst einen weißen Kittel an, wie Papà. Ich trug Hemd und Schlips und stopfte Zeitungspapier in seinen Hut, damit der mir passte. Ich wollte an Papàs Stelle treten. Ich machte ein Schild und klebte es vor das eingeworfene Fenster. »Öffnungszeiten wie immer. Wir sind KEINE Faschisten und werden auch nie welche sein.«

Ich sah, wie Leute stehen blieben und das Schild lasen, und dann trug ihre Neugier den Sieg davon.

»Was ist denn mit Vito passiert?« – »Wo haben sie ihn hingebracht?«

Ich stellte fest, dass überall im Land Italiener interniert worden waren. Einigen war das nicht passiert, weil sie die britische Staatsbürgerschaft angenommen hatten, und deshalb wurden sie in Ruhe gelassen.

Papà hatte Italien verlassen, weil es dort keine Arbeit gab und seine Familie kaum über die Runden kam, und deshalb war er nach Großbritannien gekommen. Jetzt war er irgendwo eingesperrt und wir kämpften erneut ums Überleben.

Es war schwer, etwas herauszufinden, aber endlich brachten wir in Erfahrung, dass Papà und Mario nach Cardiff gebracht worden waren und dort bewacht wurden – in einem Gefangenenlager, so könnte man es wohl nennen. Es war einfach lächerlich. Wahnsinn.

Ich beschloss, mich überall nach Arbeit zu erkundigen, um ein bisschen mehr Geld nach Hause zu bringen. Meistens wurde ich abgewiesen, doch zum Glück konnte ich jede Woche an einigen Morgen bei Mr Lewis, dem Schlachter, aushelfen, während Mamma und Zia sich um das Café kümmerten.

Das war mutig von Mr Lewis. Er hatte nicht vergessen, dass Papà viel bei ihm gekauft hatte, aber trotzdem – er schwamm gegen den Strom.

Es war einige Zeit später, als ich für ihn Waren ausfuhr, dass Johnny Corbett mit seinen Jungs in einer Seitenstraße auf mich wartete. Er stand da und grinste.

»Wie läufts denn so, Adolf?«, fragte er.

Ich hatte keine Angst mehr vor ihm, dazu war zu viel passiert. Ich hatte nicht vor, mir von ihm irgendetwas gefallen zu lassen.

»Ich habe gesehen, ihr hattet da ein bisschen Ärger mit dem Caféfenster?«, sagte er.

»Warst du das?«, fragte ich.

»Ich? Nein. Aber ihr Itaker seid nicht willkommen – geht zurück zu Mussolini.«

»Ich bin hier geboren.«

»Du bist also Waliser?« Er trat dicht an mich heran. »Dann sag, dass du Wales liebst und Italien hasst.«

»Ich liebe Wales«, sagte ich, »und ich liebe Italien. Wir haben nichts verbrochen.«

»Du bist ein Hitler liebender Faschist.«

Sie wären über mich hergefallen, aber in diesem Moment öffnete Mrs Jones ihre Hintertür. »Hallo, Johnny«, sagte sie zu ihm. »Wie gehts deiner Mam?«

Ich konnte sehen, dass Johnny in Verlegenheit geriet. »Gut, Mrs Jones«, sagte er.

»Das hör ich gern. Meinst du, es wird sie freuen, wenn sie erfährt, dass du Beppe als Faschisten bezeichnest?«

Er zuckte mit den Schultern.

»Na gut. Dann gehen wir mal«, sagte sie. »Gehen wir jetzt mal gleich zu ihr.« Sie sah die anderen an. »Und was ist mit euch, Jungs? Ich kenne eure

Mams alle. Denen können wir das auch gleich erzählen, wo wir schon mal dabei sind. Bei allem, was gerade auf der Welt vor sich geht, solltet ihr euch schämen. Los. Macht, dass ihr wegkommt.«

Sie trotteten mit eingekniffenem Schwanz davon.

»Danke, Mrs Jones«, sagte ich und konnte meine Tränen gerade noch zurückhalten. Sie fragte nach Mamma und hoffte, dass Papà bald wieder da sein würde. Sie war ein Engel.

Das ist alles für den Moment, Joe.

Das Band war zu Ende. Joe sah Mimi an.

»Das macht mir ein komisches Gefühl«, sagte sie.

»Wie meinst du das?«

»Na ja, das Café. Alles, was passiert ist, hier im Haus.«

Joe nickte. »Ja, ich weiß. Das hier war damals Nonnos Zimmer.«

Er dachte über die Geschichte dieser vier Wände nach, als ob die Vergangenheit direkt vor ihm stünde. »Ich möchte ja wissen, wer Mrs Jones war«, sagte er und starrte in Mimis dunkle Augen. »Sie muss doch die Mam oder Oma von irgendwem sein, oder? Wie Nonno der Dad von meiner Mam ist.«

»Das kannst du herausfinden, Joe«, sagte Mimi.

»Wie denn?«

»Du musst Nonno fragen.«

Fünfundzwanzig

Der Wind war eisig.

Joe wusste nur zu gut, dass sein Rugbytrikot sich über seinem Bauch spannte, und er fand es einfach grausam, auf dem schlammigen Spielfeld stehen zu müssen.

»Ist so kalt«, sagte Mimi und rieb sich die Arme.

Joe konnte nur nicken, er fürchtete, seine Zähne würden klappern, wenn er etwas sagte. Combi stand neben Mimi am Spielfeldrand. Er trug einen dicken Mantel und aß ein Mars. »Ich wäre bestimmt ein guter Rugbyspieler«, sagte er. »Tief liegender Schwerpunkt, musst du wissen.«

Joe biss die Zähne zusammen und starrte ihn wütend an.

Bonner machte Liegestütze und geriet ins Keuchen. Dann stand er auf und grinste Mimi an.

»Frierst du nicht?«, fragte sie.

»Merk ich nichts von«, sagte Bonner. Er tippte sich an den Kopf. »Ich blende alles aus.«

Joe wünschte, er könnte diesen ganzen Nachmittag ausblenden.

»Also!«, brüllte Mr Carter, der Trainer. »Dann wollen wir uns mal mit einem Sprint zu den bunten Pollern hin und zurück aufwärmen.«

Als Joe losrannte, spürte er die schneidend kalte Luft in seiner Lunge.

»Und noch mal!«, brüllte Carter.

Joe war noch immer auf dem Rückweg, als ihm schon alle auf der zweiten Runde entgegenkamen. Er war dermaßen außer Atem, als er dann anhielt, dass er nicht einmal Mimis mitfühlendes Lächeln erwidern konnte.

»Alles in Ordnung, Joe?«, fragte Mr Carter.

Er nickte.

»Wir machen jetzt eine Runde Scrum-Übungen«, sagte er. »Und ich möchte dich in die erste Reihe stellen.«

Joe wurde davon abgelenkt, dass Bonner am Spielfeldrand mit Mimi sprach. »Na los, mach schon«, sagte der gerade und stemmte die Arme in die Seiten. »Fühl mal meinen Bauch – der ist fest wie eine Mauer.«

»Bestimmt«, sagte Mimi. »Joe! Alles in Ordnung?«

»Ja«, sagte Joe, noch immer keuchend.

»Siehst aber nicht so aus«, sagte Combi und schob sich den letzten Rest eines Schokoriegels in den Mund.

Da rief Mr Carter sie zum Scrum-Training zusammen, und Joe stellte sich zu den anderen Spielern in die erste Reihe. Sie standen nebeneinander und legten sich gegenseitig die Arme um die Schultern, dann bückten sie sich nach vorn, um den Spielern der Gegenseite gegenüberzutreten.

»Die Füße zusammen«, sagte Carter. »Die müssen hart sein wie Stahlpfosten. Wenn ich dann ›Los‹ sage, prescht ihr vor, als ob euch der Arsch lichterloh brennt.«

Joe spürte, wie sich die Schultern der Spieler in der Reihe hinter ihm gegen sein Hinterteil drückten. Er hatte das Gefühl, dass gleich etwas Schlimmes passieren würde.

»In die Hocke … Zusammenschluss … Los!«

Sie stürzten vorwärts und das Gedränge war perfekt. Joe hatte das Gefühl, kopfüber von einem hohen Turm gefallen zu sein. Er war zwischen den Köpfen der Gegenspieler eingeklemmt. Es war ein Knurren und Grunzen zu hören, und Joe wimmerte, als er den verschlammten Boden unter sich anstarrte.

Der Druck von vorn und hinten war unerträglich. Er wurde gequetscht und zerrieben, als ob er zwischen zwei Elefanten fest steckte.

Als die Scrum-Reihen zusammenbrachen, knallte Joes Kopf auf den Boden und wurde in den Schlamm gepresst. Die anderen fielen auf ihn. Seine Arme lagen noch immer um die Schultern der Spieler auf beiden Seiten, und er bekam keine Luft.

Jetzt sterbe ich, dachte er.

Er stellte sich Mimi bei seiner Beerdigung vor, in Schwarz gekleidet und wunderschön. Mam und Dad weinten und Combi mampfte ein Rosinenbrötchen. Dann sah er Mimi als strahlende Braut und er verspürte ein heißes Prickeln. Irgendwer nahm ihre Hand und schob ihr einen Ring auf den Finger.

Und zwar Bonner.

»Oh nein!«

Joe hörte einen Paukenschlag und einen Trommelwirbel. Er sah einen riesigen goldenen Samtvorhang, der sich vor ihm schloss, wie am Ende einer Oper – und dann wurde alles schwarz.

Sechsundzwanzig

Als Joe die Augen öffnete, starrten seine Eltern ihn vom Fußende des Bettes her an. *Sie sehen ernst aus*, dachte er. *Da steht es sicher schlimm um mich.*

Er hob einen Arm.

»Was möchtest du?«, fragte Mam.

»Wollte sehen, ob ... ob mein Arm noch funktioniert«, flüsterte Joe.

»Alles an dir funktioniert, Joe. Du bist ohnmächtig geworden – sonst ist nichts passiert.«

»Nichts passiert?!?«, sagte er. »Ich bin totgedrückt worden!«

»Es tut mir leid, Joe«, sagte Mam. »Vielleicht war Rugby doch nicht das Richtige für dich.«

Joe fragte sich, was wohl das »Richtige« wäre, beschloss aber, nicht zu fragen. »Wie viele Tage bin ich schon hier?«

»Tage?«, fragte Mam. »Joe. Du warst ein paar Sekunden ohnmächtig und bist sofort ins Krankenhaus gebracht worden. Alles wird gut.«

»Als wir dich geholt haben«, sagte Dad, »hast du irgendwas über Bonners Hochzeit gemurmelt.«

»Stimmt«, sagte Mam. »Was sollte das denn?«

»Wie geht es Mimi?«, fragte Joe, um dieser Frage auszuweichen.

»Der geht es gut«, sagte Mam. »Sie war ja beim Gedränge nicht dabei.«

»Ich meine, wie geht es ihr nach dem Schock?«

»Welchem Schock?«

Joe sah, dass seine Eltern einen Blick wechselten. »Der Schock, als sie zusehen musste, wie ich totgequetscht wurde«, erklärte er.

»Sie war am Boden zerstört, Joe«, sagte Mam. »Lief hin und her und rang die Hände, so war das. Wie in einer Oper. Sie ist jetzt unten und kocht eine ganz besondere Suppe für dich.«

»Eine besondere Suppe?«

»Ja, eine Suppe für Leute mit Nahtod-Erlebnissen.«

»Ach, das ist nett von ihr.«

»Sie war auch schon bei Nonno«, sagte Dad. »Und er hat ihr ein neues Band gegeben.« Er nickte zu dem Kassettenrekorder auf dem Tisch hinüber.

»Ach, gut«, sagte Joe. »Du solltest es dir anhören, Mam.«

»Ich kenne die Geschichte«, sagte sie. »Ach, und es gibt Neuigkeiten. Mr Malewski hat uns ein Angebot für das Café gemacht.«

»Mr Malewski?«

»Offenbar möchte er hier ein Restaurant eröffnen.«

»Restaurant? Aber ich habe auch Ideen, Mam«, sagte Joe.

»Ich auch«, sagte sie, »aber die würden mich ins Gefängnis bringen. Hör mal, ich habe das Angebot nicht angenommen – die Leute hier wären mir gar nicht dankbar, wenn ich denen dabei behilflich wäre, die Stadt an sich zu reißen –, aber es ist ein Angebot.«

Es wurde an der Tür geklopft und Mimi kam mit einem Tablett herein.

Joe lächelte, als er sie sah. Sie kam ihm auf irgendeine Weise noch schöner vor – strahlend, dachte er. Dann sah er hinter ihr Combi stehen. »Alles klar, Joe? Hab dir *Zombie Wrangler* mitgebracht.«

Joe wäre lieber mit Mimi allein gewesen, und er war schon gar nicht in der Stimmung, Zombies zu killen. Combi stellte die Spielkonsole auf, während Joes Eltern das Zimmer verließen.

Joe probierte die Suppe. Sie war köstlich. *»Grazie«*, sagte er. *»Stupendo.«*

»Prego«, sagte Mimi und setzte sich ans Fußende seines Bettes.

»Ein bisschen mehr Basilikum vielleicht«, fügte er hinzu.

Mimi sah ihn an und Joe lächelte.

»Hast du schon mal *Zombie Wrangler* gespielt, Mimi?«, fragte Combi.

»Nein, so was spiele ich nicht.«

Joe verdrehte an Mimi gerichtet die Augen. Er schloss die Finger zusammen und schüttelte die Hand, aber Combi reichte ihr schon den Joystick. »Ich hab es auf ›leicht‹ gestellt.«

Das Geschrei, Gezappel und Gebrüll des Spieles waren keine Hilfe für Joes noch immer dröhnenden Schädel.

»Ah, jetzt hast du mich umgebracht«, sagte Combi.

»Schön wärs«, murmelte Joe. Er schaute den Kassettenrekorder an und beschloss, sich die Aufnahme per Kopfhörer anzuhören.

Der nervige Lärm des Spieles musste Nonnos sanfter Stimme weichen.

Nachdem Papà und Mario festgenommen worden waren, arbeitete ich extra hart. Eines Tages kam ein junger Mann ins Café. Er wollte unter vier Augen mit uns sprechen. Er war der Sohn eines unserer italienischen Nachbarn, Domenico Zecchini. Und dieser Junge, also Lou Zecchini, war wie ich in Wales geboren und zum Militärdienst eingezogen worden. Er gehörte zu den Soldaten im Lager in Cardiff, die die internierten Italiener bewachten.

»Diese Internierung ist doch Wahnsinn«, sagte Lou. »Mein Dad wurde festgenommen und interniert, und jetzt soll ich ihn bewachen – meinen eigenen Dad! Das ist irrsinnig! Aber ich darf das nicht offen sagen, weil ich ja Soldat bin!«

Er schlug mit der Faust auf den Tisch, so wütend war er.

Er hatte eine Nachricht von Papà und Mario mitgebracht. Sie wurden gut behandelt und sollten bald verlegt werden – wohin, wussten sie nicht.

Es war sehr gefährlich für Lou, uns das mitzuteilen.

»Und wenn ich nach Cardiff komme?«, fragte ich. »Meinst du, ich darf Papà besuchen?«

Lou schüttelte den Kopf. »Besuch ist nicht erlaubt.« Dann kam ihm ein Gedanke. »Aber das Lager hat eine Rückseite, die weg von der Straße liegt. Die Insassen dürfen zwischen elf und zwölf ins Freie. Du kannst durch den Drahtzaun mit ihm sprechen. Ich sage ihnen, an welchem Tag du kommst. Nur wenn einer von den Wachposten dich sieht, dann kannst du dein Testament machen.«

In dieser Nacht bereiteten Mamma und Zia Essen und ein wenig Wein vor, in der Hoffnung, dass ich es den beiden zustecken könnte. Mamma und ich schrieben einen Brief an Papà, und Zia einen an Mario.

Am nächsten Tag kam ich im Bahnhof von Cardiff an und ging zu Fuß zum Lager, das einige Meilen außerhalb lag. Ich hatte das Essen in einem Rucksack bei mir. Ich hatte auch eine Zange in der Tasche, was ein bisschen albern war, aber wenn Papà einen Fluchtversuch unternehmen wollte, wollte ich ihm helfen.

Als ich beim Lager ankam, schaute ich auf die Uhr. Es war noch früh. Ich konnte die Wachposten an den Toren sehen, aber Lou entdeckte ich nirgendwo. Also ging ich auf die Rückseite des Lagers und wartete hinter einem Baum. Ich zitterte, so nervös war ich. Ein Trupp Soldaten exerzierte gerade und ein Sergeant brüllte ihnen die Befehle zu. Ich kann noch immer das Knirschen ihrer Stiefel auf dem Asphalt hören.

Um Punkt elf sah ich, dass Männer auf den Hofplatz geführt wurden. Sie wanderten unter Bewachung umher. Ich entdeckte Papà und Mario sofort, einfach daran, wie Papà die Hände im Rücken verschränkt hatte, wie bei seiner passeggiata. *Offenbar hatte Lou mit ihnen gesprochen, denn sie hiel-*

ten Ausschau nach mir. Ich ging zum Zaun. Natürlich wollte ich nicht gesehen werden, deshalb hob ich einen Arm und hoffte, dass sie mich bemerken würden. Das taten sie, und sie kamen langsam auf mich zu. Ich gab mir alle Mühe, meine Tränen zu unterdrücken, denn ich wusste, dass wir nicht viel Zeit haben würden. Ich rang mir ein Lächeln ab, als sie an den Zaun traten.

»Ciao, Papà.«

»Ciao, Beppe.«

Ich schob meine Mitbringsel durch den Zaun, nur die Salami und der Wein passten nicht hindurch.

»Wie geht es Mamma?«, fragte Papà.

»Es geht ihr gut, aber niemand sagt uns was.«

Er nickte. »Wir werden verlegt.«

»Wohin denn?«

»Liverpool. Sie schicken uns weg, mit einem Schiff.«

Ich versuchte, etwas zu sagen, aber Papà riss die Augen ganz weit auf. »Hör zu! Wir werden beide nach Kanada gebracht. Du musst dich zu Hause um alles kümmern, Beppe. Das ist jetzt deine Aufgabe.«

»Aber warum Kanada?«

»Sie halten uns für feindliche Ausländer und in Kanada sind wir weit weg. Ich komme zurück, Beppe. Versprochen.«

Ich schob ihm und Mario die Briefe von Mamma und Zia zu, und dann hörte ich jemanden losbrüllen. Ein Soldat kam auf uns zugelaufen. Papà schob die Finger durch den Zaun. Ich umklammerte sie und brach in Tränen aus.

»Weg da von dem Zaun«, sagte der Soldat.

»Ich rede mit meinem Sohn!« Papàs Stimme war hart und düster, und der Soldat trat zurück. »Hab keine Angst«, sagte Papà zu mir. »Eines Tages werden wir darüber lachen.« Er lächelte, aber es war nicht sein übliches Lächeln. Er wirkte verängstigt, und so hatte ich ihn noch nie gesehen. Ich dachte an die Salami und den Wein und bat den Soldaten: »Würden Sie das für meinen Vater und meinen Onkel annehmen? Bitte?«

Er schaute sich um. »Wirf die Sachen ganz schnell über den Zaun.«

Ich warf Salami und Wein über den Zaun, und das bemerkten die anderen Italiener. »Geh«, sagte Papà. »Geh zurück zum Café. Bacio per Mamma.«

Mir hat in meinem ganzen Leben nichts so wehgetan wie damals, als ich von dem Zaun weggehen musste. Ich konnte nicht glauben, dass in so kurzer Zeit alles so schrecklich geworden war. Ich hasste die Briten, und ich hasste die Italiener, weil sie sich mit Hitler verbündet hatten. Ich war noch nie so wütend oder so verängstigt gewesen, und ich fragte mich, ob ich Papà jemals wiedersehen würde.

Und jetzt höre ich erst mal auf, Joe.

Nonnos Lage schien immer schlimmer zu werden, und Italiener nach Kanada zu schicken war doch Wahnsinn, fand Joe. Er überlegte, dass Nonno das Café geleitet hatte, als er kaum älter gewesen war als er selbst jetzt. Joe kam sich seltsam vor – er verspürte ein Prickeln und fürchtete sich auch ein bisschen. Er dachte daran, was

Nonno darüber gesagt hatte, dass alles in so kurzer Zeit so schrecklich geworden war.

»Zeit ist kostbar«, sagte er laut.

Mimi drehte sich vom Videospiel weg und lächelte.

»Ich habe siebenundfünfzig Zombies gekillt, Joe«, sagte Combi. »Willste auch mal?«

Joe stand auf und ging zum Schlafzimmerfenster.

»Alles in Ordnung bei dir?«, fragte Mimi.

»Bestens.« Joe schaute hinüber zu Mr Malewskis *Emporium*. Das Café würde vielleicht an einen Mann verkauft werden, der ein Restaurant daraus machen wollte. »Jetzt liegt alles bei mir.«

Siebenundzwanzig

Joe schlich sich aus dem Haus, ohne es irgendwem zu erzählen. Er hatte keine Ahnung, was er Mr Malewski sagen wollte, aber er wollte ihn jedenfalls aufsuchen.

Im Laden war viel Betrieb und Joe bereute, dass er Mimi nicht um ihre Begleitung gebeten hatte. Er lief im Mittelgang hin und her und sah sich die Waren an. »Hat dir die Wurst geschmeckt, Joe?«, fragte Marta. »Möchtest du eine andere probieren?«

»Nein, danke«, sagte er. »Warum will dein Dad mein Café kaufen?«

»Um ein Restaurant aufzumachen. Gute Geschäfte«, sagte sie. »Vielleicht gehört mir eines Tages dein Café zusammen mit dem *Emporium.*« Sie lachte, und Joe fand, dass sie das ein wenig zu oft tat.

Mr Malewski kam auf sie zu, zusammen mit Dariusz, der einen Schinken auf der Schulter trug. Joe kam sich vor wie umzingelt. »Warum kauft ihr keinen der anderen Läden, um das Restaurant zu eröffnen?«

»Keine Küche«, sagte Dariusz. »Ihr habt Küche, Tische und Stühle – ein Restaurant. Arbeit erledigt. Wo ist Mimi?«

»In der Nähe«, sagte Joe.

»Sie hat einen Freund?«, fragte Dariusz und starrte Joe mit seinen wilden blauen Augen an.

Joe ärgerte sich über diese Frage. Er zog die Mundwinkel nach unten und zuckte gleichzeitig mit den Schultern. Das funktionierte und wirkte natürlich.

»Hat deine Mam sich schon entschieden, mein Angebot anzunehmen, Joe?«, fragte Mr Malewski.

»Bitte, kaufen Sie das Café nicht«, sagte Joe.

Mr Malewski runzelte die Stirn. »Warum?«

»Die Leute gehen nicht mehr essen. Nicht hier in der Gegend«, sagte Joe und benutzte das Argument seiner Mam.

»Das sehe ich anders«, sagte Mr Malewski. »Wenn die Leute weit weg von zu Hause sind, kommen sie zusammen. Wir werden für Polen und Russen und so weiter und so weiter kochen. Gutes Geschäft.«

»Gutes Geschäft«, wiederholte Marta.

Durch das Ladenfenster sah Joe das Café auf der anderen Straßenseite. Es war geschlossen und sah furchtbar traurig aus. Er stellte es sich hell erleuchtet vor, voller Menschen, die aßen und ihre Gläser hoben. »Warum machen Sie nicht erst einen Probelauf?«, fragte er.

»Probelauf?«

»Nehmen Sie das Café für einen Abend. Kochen Sie für die Polen oder wen auch immer und ... Sie bezahlen uns dafür, dass Sie das Café benutzen dürfen.«

Mr Malewski sah zuerst Dariusz an und dann wieder Joe. »Nein.«

»Moment, Moment«, sagte Marta. »Das ist eine gute Idee – erst testen, dann kaufen.«

Mr Malewski sagte auf Polnisch etwas zu Dariusz. Dariusz schüttelte den Kopf. Marta redete auf beide ein und fuchtelte mit den Händen, um ihre Aufmerksamkeit zu erregen. Sie drehte sich zu Joe um. »Wie viel wollt ihr für einen Abend Cafémiete?«

Joe hatte keine Ahnung, aber er hörte sich selbst antworten: »Fünfzig Prozent der Einnahmen.«

Es war seltsam – er hatte das mit so viel Selbstvertrauen gesagt.

»Fünfzig Prozent! Zu viel!«, sagte Mr Malewski.

»Na gut. Sechzig-vierzig für Sie«, sagte Joe.

»Fünfundsechzig-fünfunddreißig«, sagte Mr Malewski.

Joe machte Mimis Handbewegung unter Mr Malewskis Nase. »Wenn Sie das Café kaufen, werden Sie viel Geld hineinstecken müssen«, sagte er. »Auf diese Weise verlieren Sie nichts.«

»Und ich helfe beim Kochen.«

Joe drehte sich um und entdeckte Mimi.

»Okay«, sagte Mr Malewski. Er spuckte in die Hand und streckte sie aus.

Krass, dachte Joe, schlug aber ein und Marta applaudierte.

»Das ist doch nicht dein Ernst«, sagte Mam, die mit Dad im Wohnzimmer stand.

»Das ist eine großartige Idee«, sagte Mimi.

Joe machte seine Handbewegung. »Wir können nichts verlieren. Mr Malewski und sein Sohn bringen die Zutaten mit und kochen und wir bekommen vierzig Prozent der Einnahmen.«

Mam starrte auf seine Hand. »Woher wissen wir, dass er uns vierzig Prozent gibt?«

»Wir werden dafür sorgen«, sagte Mimi. »Wir stellen fest, was er verlangt und wie viele Gäste kommen.« Sie zog mit einem Finger an der Haut unter ihrem Auge. »Ich werde sie beobachten.«

»Du hättest vorher mit mir sprechen müssen, Joe«, sagte Mam.

»Entschuldige«, sagte er. »Aber können wir nicht einfach einen Versuch machen? Bitte!« Er machte noch einmal die Handbewegung. »Das ist doch Gratisgeld.«

Mam legte ihm die Hand auf die Stirn. »Gehts dir gut, Joe?«

»Mir ist es noch nie besser gegangen«, sagte er.

Achtundzwanzig

Am nächsten Tag besuchte Joe Nonno im Krankenhaus und erzählte von Malewskis Probeabend im Café.

»Sechzig-vierzig hast du gesagt?«, fragte Nonno.

»Ja«, sagte Joe.

»Wie viele Abende?«

»Bisher nur einer ... Ein polnischer Abend ... für Leute aus Polen.«

»Und was sagt deine Mam dazu?«

»Die ist nicht gerade begeistert«, sagte Joe. »Aber wenn es funktioniert, dann braucht Mr Malewski das Café vielleicht nicht zu kaufen, oder? Dann kann er es einfach abends mieten.«

»Vielleicht«, sagte Nonno. »Wie geht es dir?«

»Gut ... Ich wollte dich etwas fragen«, sagte Joe. »Wer war Mrs Jones? Du weißt, die Frau, die dich in der Seitenstraße vor Johnny Corbett gerettet hat.«

Nonnos halbes Lächeln wirkte jetzt größer, als ob die Muskeln in seinem Gesicht stärker würden. »Sie war wunderbar, Joe. Sie hatte auch eine wunderbare Tochter – Gwen.«

»Unsere Gwen?«

»Ja.«

»Weiß sie, dass ihre Mam dich damals gerettet hat?«

»Da war sie noch nicht einmal geboren, Joe.«

»Trotzdem. Wäre nett, es ihr zu erzählen.«

Nonno fing an zu essen und Joe kam ein Gedanke. »Wer hat dir Kochen beigebracht, Nonno?«

»Papà und Mamma.«

»Mam kocht nicht sehr oft, oder?«, fragte Joe.

»Nein.«

»Warum nicht?«

»Sie hat das immer mir überlassen«, sagte Nonno. »Ich koche gern.«

»Ich habe Mimi von deiner Lasagne erzählt«, sagte Joe. »Ich möchte die auch mal ausprobieren.«

»Mimi gefällt dir, was?«, fragte Nonno.

Joe wünschte, er könnte das Blut davon abhalten, in seine Wangen zu strömen.

Als Joe ins Café zurückkam, drängten sich lauter Jungs vor dem Fenster. Sie hielten sich die Hände vor die Stirn, um besser hineinblicken zu können.

Als er eintrat, sagte Mam: »Kannst du mal mit deinen Schulkameraden reden, Joe? Die glotzen und sabbern auf die Fensterscheibe – das schreckt die Kundschaft ab, und sie wollen ja auch nichts Warmes trinken, wenn du verstehst, was ich meine.«

Mimi kam aus der Küche ins Café. »Hallo, Joe.«

Die Türklingel ertönte, als die Jungs hereindrängten und lauthals Getränke bestellten. Combi kämpfte sich nach vorn durch. »Alles klar, Mimi?«

»Also, Jungs«, rief Mam. »Einer nach dem anderen bitte.«

Joe versuchte, sie zurückzudrängen, wie ein Rugby-Stürmer.

»Haut ab, ihr PÖBEL!«, brüllte Bonner, der in der Tür stand.

Die Jungs verstummten und wichen zurück.

»Danke, Bonner«, sagte Joe.

»Noch am Leben, wie ich sehe?«, fragte Bonner und schlug Joe auf die Schulter. »Nicht für Rugby gebaut. Da brauchst du einen Körper wie meinen.«

Er ging zu Mimi weiter. *»Prynhawn da, ferch brydferth.«*

»Was ist das denn für eine Sprache?«, fragte Mimi.

»Walisisch«, sagte Bonner. »Bedeutet: ›Guten Nachmittag, schönes Mädchen.‹«

Mimi lachte. *»Grazie.«*

»Wollte dich zum Essen einladen«, sagte Bonner. »Bei mir zu Hause. Mam kocht.«

Joe geriet in Panik und er merkte, dass Combi ihm einen Rippenstoß versetzte.

»Das kann sie nicht«, sagte Joe.

Mimi drehte sich um und schaute ihn an.

»Wieso nicht?«, fragte Bonner.

»Sie … sie hilft Mr Malewski beim Kochen.«

»Wann?«

»Donnerstag«, sagte Joe.

»Ich habe morgen gemeint«, sagte Bonner.

»Okay«, sagte Mimi.

Bonner strahlte. »Dann morgen. Also Jungs – *Chicken Box.* Rechts ab!«

Combi versetzte Joe noch einen Rippenstoß, als die Jungs Bonner aus dem Café folgten.

»Hör doch auf, mich anzustupsen«, sagte Joe.

»Aber du musst was unternehmen«, flüsterte Combi.

»Was denn?«

»Sie ist deine Cousine – du musst sie beschützen.«

Joe sah sich für einen Moment als Heldentenor in einer Oper, ein Schwert in der Hand, während ihm gegenüber Bonner stand, der schwarz gekleidet war und einen Spitzbart hatte.

»Ich gehe jetzt auch ins *Chicken Box*«, sagte Combi. »Mal sehen, was ich herausfinden kann.«

»Tu das«, sagte Joe. »Genieß den fettigen Fraß!«

»Neidisch«, sagte Combi und ging.

Neunundzwanzig

Joe und Mimi hörten sich Nonnos neueste Aufnahme an.

»Willst du wirklich bei Bonner essen?«, fragte er.

»Ja, ich probiere gern allerlei Kochgewohnheiten aus, Joe.«

»Soll ich mitkommen?«

»Nein. Ist schon gut so.«

Joe stellte sich Mimi und Bonner beim Essen im Kerzenschein vor. Sein Magen knurrte, dann beruhigte ihn der Klang von Nonnos Stimme.

Als wir es hörten, stand ich wie immer hinter dem Tresen, zusammen mit Mamma und Zia. Es war der 3. Juli 1940. Lou kam hereingerannt, und er sah total verzweifelt aus. »Wisst ihr es schon?«

»Was denn?«, fragte ihn Mamma.

»Das Schiff ist versenkt worden.«

»Welches Schiff?«

»Das Schiff, das die Italiener nach Kanada bringen sollte. Wurde von einem Torpedo getroffen.«

Mamma fing an zu weinen.

»Wir wissen nicht, ob Papà an Bord war«, sagte ich. »Wir wissen gar nichts.«

Lou schüttelte den Kopf. »Es gab nur ein Schiff, das Internierte transportieren sollte – die Arandora Star.*«*

Er hatte recht, wie sich dann herausstellte. Die Arandora Star *wurde von einem deutschen U-Boot versenkt, als sie von Liverpool nach Kanada unterwegs war. Es dauerte lange, eine Bestätigung zu erhalten, aber endlich erfuhren wir dann, dass Papà und Mario an Bord gewesen waren. Ich dachte daran, wie Papà mich durch den Drahtzahn hinter dem Lager angesehen hatte. Ich prägte mir dieses Bild ein, und ich weiß noch, wie ich dachte, dass ich ihn da zum letzten Mal gesehen hatte. Erst später hörten wir von Überlebenden, doch wer überlebt hatte und wie viele, das wussten wir nicht.*

Als die Nachricht durchsickerte, kamen die Menschen, die uns im Stich gelassen hatten, zurück, um zu sagen, dass es ihnen leidtat. Ich war so wütend – offenbar konnte den Italienern jetzt verziehen werden, aufgrund der Ironie, dass das Schiff von einem deutschen Torpedo versenkt worden war.

Wir konnten einfach nur auf die Mitteilung warten, ob Papà und Mario tot oder lebendig waren …

Joe hielt das Band an. Er war total geschockt.

»Das ist grauenhaft«, sagte Mimi. »Sie schicken sie weg und dann …«

»Versenkt. Torpediert«, sagte Joe. Er drückte auf den Knopf, um den Rest zu hören.

Eines Tages brachte Wachtmeister Williams einen Sack vorbei. Der war voller Geld – Spenden von Leuten, um das Fenster zu ersetzen. Ich fing an herumzuschreien, dass Papà vielleicht tot war und wir bei seiner Festnahme wenig Mitgefühl erlebt hatten, nur Steine durchs Fenster. »Das ist Blutgeld«, sagte ich. Mamma nahm das Geld und sagte ihm, das sei eine freundliche Geste.

Am nächsten Tag kam Wachtmeister Williams mit einem Offizier vorbei. Sie waren sehr ernst. Ich hielt den Atem an. Sie konnten berichten, dass Papà gerettet und zurück nach Liverpool gebracht worden war, von Mario jedoch fehlte jegliche Spur. Zia brach zusammen, und Mamma ebenfalls, doch ich war so glücklich. Natürlich tat Zia mir leid, aber Papà war am Leben.

»Das ist noch nicht alles«, sagte Wachtmeister Williams.

»Was denn noch?«

»Als dein Vater im Hafen ankam, wurde er wieder interniert ...«

»Was? Sie werden noch immer interniert – auch, nachdem das hier passiert ist?«

»Beppe, hör mir zu«, sagte Wachtmeister Williams. »Dein Vater ist ausgebrochen. Er ist auf der Flucht, und er macht sich das Ganze damit nur schwerer. Die Armee sucht nach ihm. Wenn er herkommt, dann solltest du ihm raten, sich zu stellen.«

Ich konnte mich beherrschen, bis sie gegangen waren. Ich war wütend, aber gleichzeitig auch glücklich.

»Papà wird es ihnen zeigen«, sagte ich. »Wozu soll er sich denn stellen? Damit sie ihn noch einmal auf ein Schiff nach Kanada schleppen und wieder torpedieren lassen können? Er hat das Richtige getan, Mamma.«

Ich wollte ihn wiedersehen, aber zugleich wollte ich auch, dass er in Sicherheit und weit weg von Bryn Mawr blieb.

Joe spürte Nonnos Glück, so als wären es ganz wunderbare frische Neuigkeiten. Er ging mit Mimi nach unten, um mit Mam zu sprechen. »Wusstest du, dass die *Arandora Star* gesunken ist?«, fragte er.

»Natürlich.«

»Warum hast du mir das nicht erzählt?«

»Nonno hat nie gern darüber gesprochen. Und dein Uropa hat doch zumindest überlebt, Joe. Anders als der arme Mario, der ertrunken ist.«

»Das ist seltsam«, sagte Mimi. »Wenn Mario nicht gestorben wäre, würde es mich nicht geben.«

»Wieso das?«

»Überleg doch mal, Joe«, sagte Mam. »Mimis Urgroßmutter, Nonnos Tante, hat Jahre später noch einmal geheiratet, und danach wurde Mimis Großmutter geboren.«

»Ach, ich verstehe«, sagte Joe. »Und wenn Vito auch ertrunken wäre, würde es mich nicht geben … oder dich, Mam. Unheimlich.«

»Das Leben ist sehr verletzlich«, sagte Mimi.

»Ich bin froh, dass Vito nicht ertrunken ist«, sagte Joe. »Und es tut mir leid, dass Mario nicht überlebt hat … Aber ich bin auch froh, wenn du verstehst, was ich meine.«

Mimi lächelte.

»Ich mach mich lieber ans Abendessen«, sagte Joe.

»Du? Ist schon gut«, sagte Mimi. »Ich koche.«

»Ich möchte das aber«, sagte Joe. »Ich möchte das wirklich.«

Dreißig

Das Rezept, das Joe sich ausgesucht hatte, war ein schlichtes Gericht im Vergleich zu der Lasagne, die er von Nonno kannte, aber es war sein erster Solo-Versuch. Er legte eine Opern-CD ein und Mimi behielt ihn im Auge, als er anfing, Knoblauch und Anchovis zu braten. Der Fischgeruch war sehr stark.

»Wir braten es nur kurz an«, sagte Mimi, »und dann geben wir die Tomaten dazu.«

»Ich möchte das allein versuchen«, sagte Joe.

»Okay. Ich will ja nur ’elfen, Joe.«

Mam kam aus dem Café herein. »Und was willst du kochen?«, fragte sie.

»*Pasta puttanesca*«, sagte Joe. »Das bedeutet ›Hurenspaghetti‹.«

Mam hob die Augenbrauen.

Joe hob die Hände. »Ist doch bloß ein Rezept, Mam.«

»Wie macht er sich?«, fragte Mam an Mimi gerichtet.

»Gut«, sagte Mimi. »Kommandiert nur ein bisschen zu gern herum.«

»Seht doch mal nach den Gästen«, sagte Joe, schob die beiden ins Café und schloss die Tür.

Er sah noch einmal im Rezept nach, dann gab er Tomaten, Chilis, Kapern und schwarze Oliven dazu. Er wünschte, Nonno wäre bei ihm, als er die Soße umrührte.

Als es Zeit wurde, die Nudeln zu kochen, bat Joe Mimi um Hilfe, weil er die richtige Menge für vier Personen abwiegen musste.

»Woher weiß ich, dass die Pasta fertig ist?«, fragte er.

»Du kostest«, sagte Mimi. »Wenn sie noch hart ist, weiterkochen, wenn sie zu weich ist, kocht sie schon zu lange. *Al dente* – nicht zu hart, nicht zu weich.«

Joe probierte von der Pasta. Sie war noch ein bisschen hart. Als die Nudeln gerade richtig waren, wurden sie in ein Sieb gegossen und Joe fing an, sie auf den Tellern zu verteilen.

»Nein, nein«, sagte Mimi. »Wir vermischen sie im Topf mit der Soße.«

»Aber auf dem Bild im Kochbuch liegt die Soße oben auf der Pasta«, sagte Joe.

»Ist nicht richtig«, sagte Mimi. »Wir mischen. Die Soße muss an der Pasta kleben, für den Geschmack. Ist egal, wie es aussieht – Geschmack ist wichtiger.«

»Na gut«, sagte Joe.

Sie vermischten Pasta und Soße.

»*Bravissimo*«, sagte Mimi.

Joe schaute zu Mam hinüber, die ihn von der Tür her beobachtete. Als er ihren Blick auffing, lächelte sie und sagte: »Gut gemacht.«

Als sie am Tisch saßen, hatte Joe Angst, es könnte schrecklich schmecken und alle würden hungrig wieder aufstehen, obwohl Dad ihn ermutigte. »Riecht fantastisch, Joe.«

»Ja, danke«, sagte Mam.

Joe wartete ängstlich darauf, dass Mimi kostete. Er sah zu, wie sie die Spaghetti um ihre Gabel wickelte und dann probierte. »Das ist sehr gut, Joe«, sagte sie. *»Buonissimo!«*

»Ja, köstlich«, sagten seine Eltern.

Als Joe probierte, war er zufrieden. Es schmeckte nach Fisch, und ihm gefiel das tröstliche Feuer des Chilis. Zufrieden sah er zu, wie die anderen die Mahlzeit verzehrten, die er gekocht hatte.

»Also, Mimi«, sagte Mam. »Wann willst du denn eigentlich nach Italien zurückfahren?«

Joe hatte das Gefühl, dass damit die Stimmung bei dem ersten von ihm gekochten Essen ruiniert war.

»Nonno will, dass sie bleibt«, sagte er.

»Was? Wann hat er das gesagt?«, fragte Mam.

»Heute«, sagte Joe, obwohl das nicht so ganz zutraf. »Als ich ihn besucht habe. Er hat gesagt, sie soll bleiben, weil ... solange er im Krankenhaus ist, damit du so viel Hilfe hast wie möglich, Mam.«

»Na, zu mir hat er kein Wort davon gesagt.«

»Er musste sich die Sache ja erst mal überlegen, oder was?«, sagte Joe. »Und übrigens, Mimis Essen schmeckt ihm besser als das aus dem Krankenhaus. Er meint, er wird schneller gesund, wenn sie für ihn kocht.«

Mimi grinste, Mam aber sah ihn an, als ob sie ihm kein Wort glaubte.

»Und wir brauchen Diversität«, fügte Joe hinzu.

»Was?«

»Ich hab da so eine Fernsehsendung gesehen. Offenbar ist Diversität der Schlüssel zu geschäftlichem Erfolg. Das hat so ein Typ gesagt – man muss die geschäftlichen Aktivitäten auf divergierende Bereiche verteilen … divergierende. Musste ich erst nachschlagen, bedeutet unterschiedlich.«

Dad kippte das Kinn runter.

Mam legte Joe die Hand auf die Stirn. »Len«, sagte sie, »kannst du morgen früh mit ihm zu Dr. Dhital gehen?«

»Mir gehts gut«, sagte Joe. »Ich seh das mit dem Café nur anders.«

»Wie denn anders?«

»Ich habe mir noch so eine Fernsehsendung angeschaut, da hat so ein Typ den Kriegsorden seines Großvaters verkauft. Er hat vierzig Pfund dafür gekriegt.« Er machte seine Handbewegung. »Armselige vierzig Eier.«

Mam packte seine Finger. »Ja und?«

»Ja, und was sollte das dann, den Orden zu verkaufen?«, fragte Joe. »Das war seine Familiengeschichte.«

»Ja, aber ... Ach, ich verstehe«, sagte Mam und seufzte. »Das Café ist viel mehr wert als vierzig Pfund, Joe, und du gehst morgen zum Arzt, damit der feststellen kann, ob du wirklich gesund bist.«

»Mir gehts gut.«

Das Telefon klingelte und Dad ging ran.

»Hallo ... Oh, hallo, Gwen ... Nein, das geht doch nicht ... Ich schaus mir gleich mal an.« Er legte auf. »Gwens Badezimmerlampe funktioniert nicht. Ich hab ihr gesagt, ich komm schnell vorbei.«

»Ich begleite dich, Dad«, sagte Joe. »Ich möchte Gwen was fragen.«

Er war froh, aus der Küche wegzukommen.

Einunddreißig

»Ach, ich bin eine Plage, was?«, fragte Gwen, als sie die Tür aufmachte.

»Das allerdings«, sagte Dad. »Wir haben unterwegs die ganze Zeit darüber gesprochen, was Sie für eine Plage sind. Oder, Joe?«

»Genau«, sagte Joe, der den Scherz kapiert hatte.

Gwen machte ein besorgtes Gesicht, bis Joe und Dad losprusteten.

»Da bin ich euch doch glatt auf den Leim gegangen!«

Gwen fing an zu plaudern, als Dad sich die Leitungen ansah. »Es ist erstaunlich, was man in der Bibliothek alles im Internet finden kann«, sagte sie. »Da gibt es so ein Projekt, wisst ihr, wo sie anderen Leuten helfen, ihren Familienstammbaum zu finden. Und ihr würdet es nicht glauben ... Ein Onkel von mir, väterlicherseits, war Gärtner bei Aneurin Bevan, dem Gründer des Staatlichen Gesundheitswesens.«

»Wirklich?«, fragte Dad. »Wenn Sie das im Krankenhaus erzählen, könnten Sie die Warteschlange bestimmt überspringen.«

»Meinen Sie?«, fragte Gwen.

Dad lachte. »Man weiß nie. Joe! Strom an!«

Joe legte den Schalter um und die Lampe leuchtete auf. »Scheint jetzt in Ordnung zu sein, Gwen. War wohl ein Wackelkontakt.«

»Danke, Len. Was bin ich Ihnen denn schuldig?«

»Aber ich bitte Sie.«

»Oh nein, so nicht.« Sie drehte sich zu Joe um. »Sag ihm, dass er mich bezahlen lassen soll.«

»Wird er aber nicht, Gwen.«

Dad fing an, sein Werkzeug zusammenzupacken. »Ich sag Ihnen was. Einigen wir uns auf einen Hunderter ...« Gwen sah kurz ängstlich aus, da fügte Dad hinzu: »Wenn Sie im Lotto gewinnen.«

Sie lachte und Joe fiel ein, dass Mimi gemeint hatte, sie sei einsam. »Möchten Sie nicht zum Essen vorbeikommen, Gwen?«

Gwen hörte auf zu lachen. »Wie meinst du das, Joe?«

»Zu uns zum Essen, ins Café, mal zum Abendessen.«

Als er Dads Gesicht sah, hatte Joe schon Angst, ins Fettnäpfchen getreten zu sein, aber da sagte Dad: »Ja ... Sie waren immer eine treue Kundin, Gwen. Wir haben jetzt eine echte Italienerin, das wissen Sie ja. Und Mimi kocht wunderbar.«

Gwen lächelte. »Ich weiß nicht, was ich sagen soll. Ich würde sehr gern.«

Als sie nach Hause fuhren, sagte Dad: »Das war nett von dir, Joe. Sie einzuladen.«

»Sagst du es Mam?«, bat Joe.

»Ach, ich glaube nicht, dass sie etwas dagegen hat. Nur wenn du sonst noch geniale Ideen hast, dann sprich zuerst mit mir, ja?«

»Okay«, sagte Joe. »Ich dachte ... ich wusste gar nicht, dass du dich für das Café einsetzt.«

»Oh, das macht mir nichts aus«, sagte Dad. »Aber hör mal, Joe – ich will nicht, dass deine Mam sich so aufregt. Wie bei dieser Geschichte mit Malewski.«

»Ich hab das nicht gemacht, um sie aufzuregen, Dad. Ich will nur nicht, dass das Café verkauft wird.«

»Das weiß ich, Joe. Aber ich weiß auch noch, wie das Café war, als ich deine Mam kennengelernt habe. Damals war da noch ziemlich viel los, doch Bryn Mawr ist nicht mehr das, was es einmal war.«

»Das wird mir die ganze Zeit erzählt, aber es ist eine Stadt, in der Menschen leben, viele Menschen«, sagte Joe und hob die Hände.

»Mir ist aufgefallen, dass du neuerdings dauernd mit den Händen redest, Joe«, sagte Dad. »Was bedeutet das?« Er hielt Finger und Daumen aneinander. »Das ist keine Unverschämtheit, oder?«

»Nein«, sagte Joe. »Das ist italienisch.«

»Ach.«

»Soll unterstreichen, was du sagen willst, Papà.«

Dad sah ihn an.

»Papà bedeutet Dad.«

»Weiß ich.«

Joe grinste.

Zweiunddreißig

Joe war aufgeregt und nervös, als Mimi das Ventil aufdrehte, um das Wasser in die Kammer in der Espressomaschine laufen zu lassen. Sie hatte die Hände in die Seiten gestemmt und wartete. Mam und Dad sahen von der Tür aus zu. »Einschalten, Joe«, sagte Mimi.

Joe legte den Schalter an der Wand um und ein kleines rotes Lämpchen leuchtete auf. »Was passiert jetzt?«, fragte er.

»Das Wasser wird 'eiß. Wir mahlen den Kaffee und füllen das 'ier auf.« Sie hob eine kleine Schublade hoch. »Dann drücken wir auf den 'ebel und das Wasser läuft durch und der frische Kaffee strömt in die Tasse.«

Mimi kippte Kaffeebohnen in die Kaffeemühle und schaltete sie ein. Die Mühle stieß ein knurrendes, knirschendes Geräusch aus.

»Ist sie defekt?«, fragte Joe.

Mimi schüttelte den Kopf. »Die funktioniert«, brüllte sie über den Lärm hinweg. Joe konnte den frisch gemahlenen Kaffee riechen, es war ein starker, würziger Duft.

Bald schon sah er Dampf aus der Maschine aufsteigen. Mimi goss den gemahlenen Kaffee in den Filter und schob diesen dann in die Espressomaschine. Sie drückte auf den Hebel und der Filter fand klickend seinen Platz. »Ist fertig.«

Sie stellte eine Tasse unter die Öffnung und trat zurück. »Drück auf den 'ebel, Joe.«

Joe streckte die Hand nach dem Hebel aus, der oben aus der Maschine aufragte, und drückte darauf. Der Hebel war starr, aber als er sich senkte, waren ein Zischen und ein Gurgeln zu hören, während das Wasser durch den Filter lief. Dunkelbrauner Kaffee tropfte aus dem Hahn und in die Tasse. Der Kaffeeduft war jetzt noch zehnmal mächtiger, doch Joe war enttäuscht, weil so wenig herauskam. »Das ist aber nicht viel«, sagte er.

»Weil es Espresso ist, Joe! Sehr, sehr stark«, sagte Mimi. »Jetzt geben wir Milch dazu.«

Die Milch wurde erhitzt und aufgeschäumt. Es gab weitere Geräusche und köstlichen Duft, als Mimi den Kaffee für Mam und Dad zubereitete.

»Ich mach einen für Joe?«, fragte sie.

»Ach, ich weiß nicht«, sagte Mam.

»Bitte«, sagte Joe.

»Okay, aber mit viel Milch, sonst bist du die ganze Nacht auf.«

Joe bekam ein wenig Zucker in seine Tasse, dann nippte er.

»Oh«, sagte Dad. »So einen möchte ich morgen früh – das bringt mich auf Trab.«

»Der ist wirklich köstlich«, sagte Mam. »Ich bin aber nicht sicher, ob die Gäste den Unterschied bemerken werden.«

»Mam, das müssen sie einfach«, sagte Joe. »Ich tu das doch auch.«

»Trink nicht alles«, sagte sie.

Joe wischte die Seite der Maschine mit einem Tuch ab. »Aber schon wunderbar, was, Mam?«

Er sah ihr Nicken in der glänzenden Silberoberfläche der Kaffeemaschine.

Dreiunddreißig

Joe erinnerte sich daran, dass er und Nonno erst vor wenigen Tagen in diesem Wartezimmer gesessen hatten und Nonno gesagt hatte, das Café sei früher immer voll gewesen. Die Gegensprechanlage rauschte und Joe hörte: *»Mr Khan zu Dr. Foster, Raum 3.«*

Er dachte an das letzte Band, das er sich angehört hatte, an alles, was Nonno hatte ausstehen müssen. So viel hatte sich damals für ihn geändert, und zwar zum Schlechteren. Er holte tief Luft und seufzte.

»Was ist los, Joe?«, fragte Dad.

»Mr Davis zu Dr. Dhital, Raum 2.«

Genau in dem Moment, in dem Joe den Aufruf hörte, kam ihm eine Idee. Er schaute sich im Wartezimmer um.

»Joe?«, fragte Dad. »Wir sind gerade aufgerufen worden.«

Dr. Dhital leuchtete Joe mit einer winzigen Taschenlampe in die Augen. »Na, du scheinst deinen kleinen Unfall ja unbeschadet überstanden zu haben«, sagte der Arzt.

»Klein würde ich das ja nicht gerade nennen«, sagte Joe.

Der Arzt trat zurück und musterte ihn von Kopf bis Fuß. »Vielleicht ein bisschen übergewichtig.«

Joe fand das ganz schön frech, zumal der Stuhl ächzte, als sich der Arzt setzte. »Siehst du manchmal doppelt, Joe?«, fragte er.

»Nein«, sagte Joe.

»Gedächtnisverlust?«

»Nein.«

»Kopfschmerzen?«

»Nur, wenn mir viele Fragen gestellt werden.«

»Sei nicht unhöflich«, sagte Dad.

Dr. Dhital lachte und Joe hielt es für einen guten Moment, um seine Frage zu stellen. »Warum müssen die Leute so lange im Wartezimmer sitzen?«

»Joe!«, sagte Dad.

»Ich möchte es bloß wissen.«

»Eine ärztliche Behandlung dauert ihre Zeit«, sagte Dr. Dhital. »Manche Menschen haben komplizierte Probleme, die sich nicht so schnell untersuchen lassen, und vielen ist nicht klar, dass sich die Ärzte nach jedem Patienten Notizen machen müssen.«

»Bestimmt jammern sie über die langen Wartezeiten«, sagte Joe.

»Ja, dauernd, aber wenn wir uns bei einer Entscheidung oder einer Diagnose übereilen, kann das sehr schwerwiegende Konsequenzen haben.«

»Ich hatte nur eben eine Idee«, sagte Joe.

»Eine Idee?«

»Das Wartezimmer füllt sich und die Leute werden ungeduldig, oder? Sie denken nicht daran, unter welchem Druck die Ärzte stehen.«

Dr. Dhital nickte.

»Und da habe ich mir überlegt, wie es wäre, wenn die Leute stattdessen im Café warten könnten.«

»Also, mein Sohn ...«, sagte Dad.

Joe ließ sich nicht bremsen. »Sie könnten dort etwas trinken. Und wenn Sie oder die anderen Ärzte so weit sind, können Sie durchrufen und die Leute kommen herüber.«

»Aber wie soll das gehen?«, fragte Dr. Dhital. »Wie könnten wir sie dann aufrufen?«

Joe drehte sich zu Dad um. »Du könntest die Sprechanlage hier doch mit dem Café verbinden, oder nicht?«, fragte er.

»Also hör mal ...«

»Das Café ist höchstens zwei Minuten von der Praxis entfernt«, sagte Joe. »Und die Patienten müssen ja nicht unbedingt im Café warten. Wir bieten ihnen nur eine Möglichkeit.«

Der Arzt ließ seinen Blick von Joe zu Dad wandern. »Ich weiß nicht, was ich sagen soll«, sagte er, als er zum Mikrofon griff.

Dad rang sich ein Lachen ab. »Blödsinn, was? Ich muss schon sagen, Doktor, seit Joes kleinem Unfall ist uns aufgefallen, dass er ...«

»Mrs Moore«, sprach der Arzt ins Mikrofon. »Könnten Sie einen Moment hereinkommen?«

Gleich darauf trat Mrs Moore, die Sprechstundenhilfe, ein, und der Arzt bat Joe, ihr seine Idee zu schildern. Sie wirkte verwirrt, als er fertig war.

»Es würden sich weniger Leute bei Ihnen beschweren«, sagte der Arzt.

»Stimmt«, sagte Mrs Moore.

»Und Sie könnten sich der Buchführung widmen«, sagte Dr. Dhital. »Sie klagen ja immer, weil Sie im Rückstand sind.«

»Stimmt absolut.«

»Die Patienten könnten gleich ins Café gehen«, sagte Joe. »Und wir würden Ihnen mitteilen, dass sie warten. Sie wären nicht so schlecht gelaunt – und wie gesagt, sie könnten sich entscheiden, ob sie hier warten wollen oder im Café.«

Mrs Moore sah den Arzt an, und der Arzt sah Joe an.

Vierunddreißig

»Ihr wollt mir doch einen Bären aufbinden«, sagte Mam.

»Dr. Dhital meint, es wäre den Versuch wert«, sagte Joe.

»Das ist der glatte Wahnsinn!«

»Das habe ich auch gedacht«, sagte Dad. »Aber Dr. Dhital sagt, für weniger übellaunige Patienten würde er alles geben.«

»Ist fantastisch!«, rief Mimi und klatschte in die Hände.

»Die Leute können im Café warten«, sagte Joe. »Sie können etwas trinken, und wenn ein Arzt Zeit hat, werden sie aufgerufen. Sie brauchen nur eine Minute bis zur Praxis – ich habe die Zeit selbst gestoppt. Wir benötigen bloß einen Lautsprecher. Oder, Dad?«

»Wäre kein Problem«, antwortete Dad und sah Mam nervös an.

»Moment mal«, sagte sie. »Ich will das Café nicht voller Kranker haben, die überallhin husten und spucken. Dann würden hier Leute auf den Bus warten und Leute auf den Arzt, es wäre ...«

»Es wäre ein voll besetztes Café«, sagte Joe.

»Sei nicht frech«, sagte Mam. »Es wäre Laufkundschaft – ein stetiger Strom von Leuten, und nicht alle würden Geld ausgeben.«

»Mam, zuerst hast du darüber geklagt, dass das Café tot ist – ein oder zwei Gäste, die bei einer Tasse den ganzen Nachmittag verbringen. Und jetzt beschwerst du dich, weil es zu viele sind.«

»Moment, Joe«, sagte Dad.

»Lennie, hast du Dr. Dhital gegenüber erwähnt, dass Joe sich seit dem Rugby-Zwischenfall anders verhält?«

»Ja, sehe ich auch so«, sagte Joe und warf die Hände in die Luft. »Ich verhalte mich anders!«

»Und dass er sich wie ein Italiener aufführt«, sagte Mam.

Dad nickte.

»Ich bin ja auch ein Italiener«, sagte Joe und machte seine Handbewegung.

»Jetzt macht er schon wieder das mit der Hand!«

Mimi lachte.

»Hört mal, selbst wenn wir verkaufen, es kann doch nichts schaden, oder?«, fragte Joe.

»Na, ich sehe ehrlich gesagt nicht, wozu das gut sein soll«, sagte Mam. »Es ist albern.«

Sie kniff die Lippen zusammen und Joe fiel ein, was Nonno darüber gesagt hatte, dass er ihr kein gutes Erbe hinterließ. »Bitte, Mam. Ich habe mir Nonnos Bänder angehört und ich hatte das Gefühl … na ja, es ist doch den Versuch wert.«

Sie seufzte. »Und wann soll das alles stattfinden?«

»Sowie Dad die Sprechanlage mit dem Café verbinden kann.«

»Das kann ich vielleicht morgen früh erledigen«, sagte Dad.

»Und am Nachmittag«, sagte Mam, »herrscht hier vermutlich die Beulenpest.«

Joe rang sich ein Lachen ab, aber Mam runzelte die Stirn.

Fünfunddreißig

Joe versteckte sich hinter einer Mauer, er atmete schwer. Er hatte ein schlechtes Gewissen, weil er Mimi zu Bonners Haus gefolgt war, aber er hielt es für seine Verantwortung, auf sie aufzupassen. Er hatte zur Tarnung in seinem Zimmer eine Opern-CD laufen lassen.

Als Mimi bei der Haustür ankam, stellte Joe sich auf die andere Straßenseite, hinter einen Lastwagen. Ihm schauderte, als die Tür geöffnet wurde und Bonner in Schlips und Kragen vor Mimi stand. »Mimi!«, brüllte Bonner, als ob sie auf der anderen Straßenseite stände. Als sie das Haus betreten hatte und die Tür sich schloss, wusste Joe nicht, was er machen sollte – so weit hatte er nicht gedacht.

»Joe!«

Er drehte sich um und sah Combi. »Was machst du denn hier?«, fragte Joe.

Combi legte den Kopf schräg. »Ich mach eine *passeggiata* … genau wie du.«

Joe gab die Vorwände auf – er sorgte sich einfach zu sehr um Mimi. »Okay. Und jetzt?«

Combi schaute sich um. »Komm mit«, sagte er und lief über die Straße.

Seine Zuversicht löste in Joe ein warmes Prickeln von Zuneigung aus. Als sie bei Bonners Haus ankamen, schaute sich Combi noch einmal um, so als ob er immer als Privatdetektiv arbeitete. »Du kannst Schmiere stehen«, sagte er. »Wenn jemand kommt, dann pfeifst du. Ich werd mich mal umsehen.«

»Wo denn umsehen?«, fragte Joe.

Combi zeigte auf das Erkerfenster. »Da ist ein Spalt im Vorhang.«

Joe beobachtete, wie Combi den Gartenweg entlangschlich, über den Rasen lief und geduckt unter dem Fenster vorbeihuschte. Sein Kopf tauchte auf Höhe des Vorhangspaltes auf.

Joe kam näher. »Was kannst du sehen?«

»Bonner gießt Mimi etwas zu trinken ein«, flüsterte er.

»Sieht Mimi interessiert oder gelangweilt aus?«, fragte Joe.

Combi hob eine Hand.

»Was ist los?«

»Nicht gut«, sagte Combi.

»Was denn?«

»Mimi hat gerade gelacht.«

Joe spürte Angst in sich aufsteigen wie bittere Galle.

»Himmel ... diese Tapete! Da krieg ich doch Kopfschmerzen von«, sagte Combi.

»Was passiert jetzt?«

»Bonners Mam bringt das Essen. Großer Gott!«

»Was?«

Combi drehte sich zu Joe um. »Sie ist winzig! Wie kann jemand, der so klein ist wie Yoda, Bonners Mam sein?«

Joe zeigte auf das Fenster. »Und was passiert jetzt?«

»Ich kann euch erzählen, was jetzt passiert«, antwortete eine tiefe Stimme.

Joe fuhr herum und sah einen Polizisten.

»Ihr beiden erklärt mir jetzt, was ihr hier vorhabt.«

Als Mam dem Polizisten die Tür öffnete, sah sie nicht gerade begeistert aus.

»Tut mir leid«, sagte sie, »ich dachte, er sei in seinem Zimmer.«

»Hab ihn beim Herumlungern erwischt«, sagte der Polizist.

»Herumlungern? Das wäre aber das erste Mal.«

»Das war Combis Idee«, sagte Joe.

»Entschuldigen Sie, dass Sie sich bemühen mussten«, sagte Mam zu dem Polizisten. »Er hatte beim Rugbytraining einen Unfall und seither ist er nicht ganz er selbst.«

»Ah«, sagte der Polizist, als ob damit alles erklärt wäre.

»Es wird nicht wieder vorkommen«, sagte Mam und starrte Joe wütend an. »Von jetzt an sperren wir ihn in der Mansarde ein.«

Joe schaute zu dem Polizisten hoch. »Und Sie glauben, dass sie Witze macht.«

Joe lief in seinem Zimmer hin und her, hörte eine Oper und schaute immer wieder auf die Uhr. Es war halb zehn und Mimi war noch immer nicht nach Hause gekommen. Er schaute aus seinem Schlafzimmerfenster hinunter in die High Street, aber er konnte keine Spur von ihr entdecken. Dann ging er zum gegenüberliegenden Fenster, um einen Blick in die Seitenstraße zu werfen. Da sah er Mimi, wie sie den Hinterhof betrat. Sie war allein. Joe atmete erleichtert auf und schlich hinaus auf den Treppenabsatz. Er schaffte es, gerade in dem Moment aus dem Badezimmer zu kommen, als Mimi die Treppe hochstieg. »Hallo«, sagte er lässig. »Hattest du einen netten Abend?«

»Ja«, sagte Mimi.

»Wie war das Essen?«

»Ziemlich gut. Ein walisischer Eintopf – ein bisschen schwer vielleicht.«

Joe wollte unbedingt mehr wissen. »Bonner ... der ist interessant, findest du nicht?«

Mimis Gesichtsausdruck änderte sich nicht, was Joe für ein gutes Zeichen hielt.

»Er ist ein sehr großer Mann«, sagte Mimi.

»Ja. Er ist ein sehr großer ... Junge«, sagte Joe.

Mimi öffnete ihre Schlafzimmertür.

»Offenbar«, sagte Joe, »schwärmen viele Mädchen für ihn. Für Bonner, meine ich.«

»Echt?«, fragte Mimi. »Weißt du, was?«

»Was?«, fragte Joe.

»Er hat seine Mamma allein kochen und allein den Abwasch machen lassen.« Mimi zog die Mundwinkel nach unten und schüttelte den Kopf.

»Nicht zu fassen«, sagte Joe. »Ich bin geschockt.«

»*Buona notte*«, sagte Mimi und küsste ihn auf beide Wangen.

»*Buona notte*«, sagte Joe.

Er ging in sein Zimmer, und seine Haut prickelte vor Erleichterung.

Sechsunddreißig

Joe war in die Oper vertieft, die auf seinem iPod lief, während er zur Schule ging.

Combi holte ihn ein und zog ihm einen Stöpsel aus dem Ohr. »Was ist dann gestern Abend noch passiert?«, fragte er.

»Mam hat mich auf mein Zimmer geschickt«, sagte Joe. »Und übrigens, nur damit du's weißt, ich hab dir die Schuld zugeschoben. Ich habe behauptet, du wolltest von Bonner ein Spiel zurückhaben, das du ihm geliehen hattest, und dass du Begleitung wolltest, weil du dich nicht allein hingetraut hast.«

»Schon gut. Ich hab meiner Mam erzählt, dass ich mit Mimi ein Date hatte. Und wenn du beim Schmierestehen nicht gepennt hättest ...«

»Komm mir bloß nicht so.«

»War Mimi spät zu Hause?«

»Nein. Und sie interessiert sich auch nicht für Bonner«, sagte Joe.

»Nein. Kann sie auch gar nicht«, meinte Combi. »Unmöglich.«

Sie gingen weiter die High Street hoch.

»Was hörst du denn da?«, fragte Combi und aß dabei ein Stück Pizza, das er offenbar aus der Luft gezaubert hatte.

Joe hielt ihm einen Ohrstöpsel hin. Sowie Combi etwas von der Musik gehört hatte, verzog er den Mund. »Das ist doch einfach bloß Geschrei.«

Joe schüttelte den Kopf. »Das ist eine Oper – Verdis *Il Trovatore*. Du musst wissen, es fängt alles damit an, dass eine Zigeunerin das falsche Baby ins Feuer wirft ...«

»Was? Das soll ja wohl ein Witz sein!«

»Nein. Sie will sich an dem Grafen rächen, weil der ihre Mam umgebracht hat, verstehst du. Also entführt sie eines seiner beiden Babys und wirft es ins Feuer. Das Problem ist bloß, sie schmeißt aus Versehen ihr eigenes Baby rein, nicht das des Grafen.«

»Das kann doch nicht sein!«

»Ungelogen. Als die beiden Brüder dann heranwachsen, verlieben sie sich in dasselbe Mädchen. Aber sie wissen ja nicht, dass sie Brüder sind, verstehst du ...«

Combi kniff die Augen zusammen. »Und wann ist das alles passiert?«

»Ist es nicht, Combi«, sagte Joe. »Das ist eine Oper. Ganz schön fantastisch, was?«

»Nein«, sagte Combi. Er biss wieder in seine Pizzaschnitte. »Was abhaben?«

»Nein, danke«, sagte Joe.

»Von gestern Abend noch übrig«, sagte Combi. »Ich liebe kalte Pizza – süß.«

Joe leckte sich die Lippen und in seinem Kopf formte sich eine Idee. »Süße Pizza.«

»Hä?«

»Ich dachte nur gerade – Pizza mit süßem Belag, keinem würzigen.«

»Nie von gehört«, sagte Combi.

»Könnte aber lecker sein – Apfelscheiben und Banane, bestreut mit Kokosraspeln und Zimt.«

Combis Augen wurden glasig und sein Mund klappte auf, sodass Joe zerkaute Peperoni und Käse sehen konnte. »Wo kriegt man so was?«, fragte er.

»Nirgendwo«, sagte Joe. »Muss man machen.«

»Ach, das darfst du nicht tun!«

»Was denn?«

»Etwas Leckeres beschreiben und dann einfach sagen, dass es das nicht gibt.«

»Gibt es doch«, sagte Joe. »Du brauchst es bloß herzustellen.« Er ging weiter und blieb vor dem Wettbüro stehen, wo Dad gerade eine Leitung über das Dach zog. »Wie läufts, Dad?«

»Okay. Bis zur Sprechstunde heute Nachmittag müssten wir auf Sendung sein.«

»Ich hab im Wartezimmer Zettel ausgelegt«, sagte Joe. »Mrs

Moore hatte nichts dagegen. Du könntest sie nicht zufällig für mich aufhängen?«

»Alles klar«, sagte Dad. »Ich hoffe, das alles lohnt sich dann auch.«

»Ich auch, Dad.«

»Ich kapier das nicht«, sagte Combi.

»Was?«

»Die Leute warten im Café, bis der Doktor sie aufruft, ja?«

»Stimmt.«

»Aber sie warten ja trotzdem.«

»Mach mir meine Idee nicht runter, Combi«, sagte Joe. »Sie sitzen dann in einer schöneren Umgebung und können etwas trinken. Das ist gut für sie und gut für das Café. Eine Win-win-Situation.«

Combi schüttelte den Kopf. »Das werden sie nicht kapieren.«

»Wovon redest du eigentlich?«, fragte Joe und machte dabei seine Handbewegung.

»Was soll das da?«, fragte Combi und äffte die Geste nach.

»Das verstehst du nicht«, sagte Joe. »Das ist italienisch.«

Combi warf den Kopf in den Nacken und stöhnte. Joe ging weiter.

»Hat Mimi nach mir gefragt?«, wollte Combi wissen, als er ihn eingeholt hatte.

»Nein«, sagte Joe.

»Würdest du mir Bescheid sagen, falls sie fragt?«

Joe lief schneller und stellte sich taub.

Siebenunddreißig

Mittags ging Joe direkt ins Café und war enttäuscht, als er es ziemlich leer vorfand. »Wo sind denn alle?«, fragte er Mam.

»Wen meinst du mit alle?«

»Die Patienten aus der Praxis.«

»Die sind vermutlich lieber dort geblieben, Joe.«

»Aber funktioniert denn die Lautsprecheranlage?«, fragte Joe, und im selben Moment hörte er: *»Mr Jones zu Dr. Dhital in Raum 2.«*

»Die treibt mich schon in den Wahnsinn«, sagte Mam.

Joe ging hinter den Tresen und griff zum Telefon. Er wählte die Nummer der Praxis.

»Ärztezentrum Bryn Mawr.«

»Mrs Moore – hier ist Joe, aus dem Café.«

»Oh! Hallo, Joe.«

»Hat mein Dad die Zettel aufgehängt?«

»Das hat er.«

»Aber sie sind nicht hier, Mrs Moore – die Patienten, meine ich.«

»Nein, ich habe den Eindruck, die glauben das noch nicht so ganz.«

Joe war fest entschlossen, aus seiner Idee einen Erfolg zu machen, aber als er zur Praxis ging, wurde er dann doch nervös. Er entdeckte Combi, der kauend vor dem *Chicken Box* stand.

»Wo gehst du denn hin?«, fragte Combi.

»Zur Praxis. Komm mit.«

»Ich esse gerade.«

»Bis wir da sind, bist du fertig.«

»Was abhaben?«, fragte Combi.

»Nein.«

»Noch immer die Diät von deiner Mam?«

»Das ist dreck-*issimo*-Fraß, Combi. Wie Mimi uns gesagt hat.«

Combi blieb stehen und reichte seine Pommes an eine Gruppe Jungs weiter.

Sie machten sich sofort darüber her.

»Geier ohne Geschmack«, sagte Joe.

Das Wartezimmer war überfüllt. Joe schaute die mürrischen Gesichter an und hatte das schreckliche Gefühl, dass sich ganz Bryn Mawr bis in alle Ewigkeit über seine Idee lustig machen würde.

Mrs Moore hinter dem Rezeptionstresen winkte ihn zu sich. »Red doch mal mit ihnen, Joe«, sagte sie. »Ich wäre ja so froh, wenn du sie hier wegschaffen könntest.« Dann sprach sie in den Lautsprecher: »Bitte, alle mal herhören, es folgt eine kurze Ansage von Joe aus dem *Café Morelli*.«

Alle schauten Joe an und er erstarrte. Combi versetzte ihm einen Rippenstoß.

»Sehen Sie sich die Aushänge an«, sagte Joe und seine Stimme war kaum mehr als ein Flüstern. »An der Wand da drüben ...« Er zeigte auf seine Zettel. »Darauf steht ja schon, dass jetzt auch im *Café Morelli* zu hören ist, wer hier aufgerufen wird. Es ist nur ein paar Häuser weiter in der High Street, wie Sie wissen. Sie können dort warten und etwas Warmes trinken oder so ...«

Die Patienten starrten Joe noch immer an, als ob er Italienisch spräche, und unter seinen Armen brach ihm der Schweiß aus. Er starrte die Stühle an, auf denen er und Nonno vor wenigen Tagen gesessen hatten, und dann schaute er sich um und sah dieselben mürrischen Gesichter wie vorhin. Combi beugte sich zu ihm herüber. »Anreize, Joe – biete ihnen ein Gratisgetränk an. Alle Leute lieben Gratiskram.«

»Das lässt Mam nie im Leben zu.«

»Sollen sie in euer Café kommen oder nicht?«

Joe begriff, dass Combi recht hatte. »Da es unser erster Tag ist«, sagte er, »ich meine, der erste Tag mit diesem Wartezimmerversuch, sind Tee und Kaffee heute gratis. Sie brauchen nichts zu bezahlen.«

Von den Patienten war nun Gemurmel zu hören.

»Das ist doch mal ein Angebot«, sagte Mrs Moore.

»Gibt es heiße Schokolade auch gratis?«, fragte jemand.

»Ja«, sagte Joe, dessen Selbstvertrauen jetzt wuchs. »Wir haben außerdem ein reichliches Angebot an kalten und warmen Snacks, und die Espressomaschine funktioniert wieder und liefert frischen Kaffee und Cappuccino mit aufgeschäumter Milch, und es gibt Tee und heiße Schokolade mit Schlagsahne. Wenn Sie mir folgen möchten, dann bringe ich Sie hin.«

Joe und Combi gingen hinaus auf die High Street, aber Joe wagte nicht, sich umzusehen. »Kommen sie?«, fragte er Combi.

»In Massen«, sagte Combi. »Ich finde, ich kriege eine Gratiscoke für meine Hilfe.«

Als sie das Café erreicht hatten, trat Joe ein und lächelte Mam an. »Sie kommen.«

»Wer denn?«

»Die Patienten aus der Praxis, Mam. Ich ... ich habe ihnen Gratiserfrischungen versprochen, weil heute unser erster Tag ist.«

»Was? Ach, Joe!« Mam schlug die Hände vors Gesicht.

»Anreize, Mrs Davis«, sagte Combi. »Das war meine Idee.«

Die Patienten betraten das Café und riefen ihre Bestellungen. Joe stellte sich hinter den Tresen. Er füllte den Kaffeefilter, schaltete die Espressomaschine ein und drückte auf den Hebel.

»Ach, was ist das für ein wunderbarer Duft?«, fragte ein Gast.

»Kaffee«, sagte Joe. »Echter italienischer Kaffee.«

Er hörte, wie die Gäste tief durchatmeten. »So einen möchte ich«, sagte jemand.

»Ich auch.«

»Fein-*issimo*«, sagte Joe und reichte Combi mitten im Chaos eine Cola.

Joe war total außer sich, wobei der Kaffee natürlich seine Aufregung noch vergrößert hatte. Mit jeder Menge Handbewegungen erklärte er Nonno im Krankenhaus seine Idee mit den Patienten aus dem Wartezimmer.

»Das Café war voll«, sagte er. »Wie das Wartezimmer.«

Nonno schmunzelte. »Warum bin ich bloß nie auf diese Idee gekommen?«

Joe freute sich, ihn lachen zu sehen. »Ich habe gestern Abend das Band gehört, Nonno, über den Untergang der *Arandora Star.* Es war schrecklich und ich habe mich so geschämt, weil sie das Italienern angetan haben, die nichts verbrochen hatten.«

Nonnos Lächeln war verschwunden. »Das ist noch nicht alles«, sagte er. »Es geht noch weiter.«

Achtunddreißig

Im Café musste alles weiterlaufen wie bisher. Die Leute redeten wieder mit uns, und nach und nach stellten sich auch die Gäste wieder ein. Zia lief umher wie ein Geist. Ich nehme an, sie hatte sich mit dem Gedanken abgefunden, dass Mario ertrunken war, so viel Zeit, wie inzwischen vergangen war. Es war grauenhaft. Ich fühlte mich schuldig, weil ich so glücklich darüber war, dass Papà noch lebte.

Eines Tages kam der Offizier zusammen mit Wachtmeister Williams. Sie fragten, ob wir von Papà gehört hätten. Mamma packte unter dem Tresen meine Hand, um mir klarzumachen, dass ich ganz ruhig bleiben sollte. »Nein, das haben wir nicht«, sagte ich.

Der Offizier sagte uns, es sei verboten, feindliche Ausländer zu beherbergen. Er schaute zur Decke hoch. »Was dagegen, wenn ich mich da oben mal umschaue?«

»Ja, allerdings«, sagte ich. »Da ist er nicht.«

Er nickte mir zu, dann stieg er trotzdem die Treppe hinauf.

»Tut mir leid«, sagte Wachtmeister Williams.

»Das sagen Sie die ganze Zeit«, erwiderte ich.

Natürlich fand der Offizier niemanden, deshalb gingen er und Wachtmeister Williams wieder.

Ich kam mir vor, als ob ich meinen eigenen Krieg ausfechten müsste ...

Joe hielt das Band an. »Fantastisch, oder?«, sagte er zu Mimi.

»Ja«, sagte sie. Das Licht der Schreibtischlampe wurde von ihren Augen reflektiert, und Joe fand, damit sah sie aus wie eine wunderschöne Diva in einer Oper.

Einige Wochen darauf kam eine Gruppe von Bergleuten herein, direkt von der Schicht und schwarz von Kopf bis Fuß. Dai Gwynn fragte, ob sie für eine Besprechung das Hinterzimmer benutzen dürften. »Sicher«, sagte ich. »Ich bring euch Tee.«

Als sie nach hinten gingen, war ich stolz, weil sie mit mir sprachen, als ob ich der Boss wäre, solange Papà nicht da war. Mamma war oben, und ich kochte eine große Kanne Tee. Wir hatten früher an diesem Tag Brot gebacken, und deshalb machte ich auch Toast und brachte ihnen alles. Damals hatten sie nicht genug Leute in den Bergwerken, weil so viele eingezogen worden waren, und deshalb mussten sie extra hart schuften.

Als ich dann wieder im Café stand, kam Johnny Corbett mit seinen Kumpels herein.

»Haben sie deinen Dad schon gefangen?«, fragte er und grinste.

Wenn du dich in deinem Leben einer Herausforderung gegenübersiehst, wirst du entweder stärker oder du zerfällst zu Staub, und ich konnte sehen, dass Johnny Corbett glaubte, mich noch immer in seiner Macht zu haben. Vielleicht lag es daran, dass Dai und die Bergleute mich behandelt hatten, als ob ich der Boss wäre, und mir das Selbstvertrauen gegeben hatte. Jedenfalls starrte ich Johnny wütend an und sagte: »Du bist hier nicht willkommen, und deine Kumpels auch nicht, also macht, dass ihr wegkommt.«

Johnny feixte. »Und wer will mich dazu zwingen?«

Ich ballte die Fäuste und marschierte um den Tresen herum. Ich hatte das Gefühl, die Kraft eines Gladiators zu besitzen, als ich vor ihn trat und ihn packte.

Wir gingen aufeinander los. Ich weiß noch, dass mein Rücken gegen den Tresen und dann gegen die Tische knallte. Es war seltsam, aber bei diesem Kampf dachte ich nur daran, was die britische Regierung Papà und den anderen Italienern angetan hatte. Ich hasste sie und ich hasste Johnny.

Ich spürte, wie die anderen Jungs mich packten, aber ich hatte Johnny einen Arm um den Hals gelegt. Mit meinem ganzen Gewicht zog ich seinen Kopf auf den Tisch und hörte ihn jaulen.

Im nächsten Augenblick rissen mich die Bergleute zurück. Ich war außer Atem, als ich auf Johnny hinunterschaute. Er lag auf dem Boden und seine Nase blutete.

Mamma kam hereingestürzt. »Beppe! Was ist denn los?«

»Kein Grund zur Sorge, Mamma«, sagte ich. »Ich habe Johnny gesagt, dass er in meinem Café nicht willkommen ist.« Ich starrte die anderen drei Jungs an. »Und du nicht, und auch nicht du oder du.« Ich zeigte auf jeden

Einzelnen von ihnen, als ob ich sie verfluchen wollte. »Jetzt schafft ihn weg und lasst euch hier ja nicht wieder blicken.«

Sie brachten Johnny hinaus und ich ging wieder hinter den Tresen. »Kann ich sonst noch etwas für Sie tun, die Herren?«, fragte ich die Bergleute, als ob gar nichts passiert wäre.

»Nein, danke, Beppe«, sagte Dai. »Aber wenn du mal wieder Ärger kriegst, sag uns Bescheid.«

»Danke, Mr Gwynn.«

»Wir haben hinten etwas für deine Mühe hinterlassen«, sagte er, als sie gingen.

Kaum waren sie weg, wollte Mamma mich dafür zusammenstauchen, was ich mit Johnny gemacht hatte, und wir fingen an, uns zu streiten.

Als wir ins Hinterzimmer gingen, sahen wir, dass einer der Bergleute noch immer dasaß und Tee trank. Mamma und ich fuhren zurück. Das Gesicht des Bergmannes war von Kohlenstaub verschmiert, aber trotzdem – wir wussten, es war Papà. Er war wieder da.

Joe und Mim schwiegen einige Sekunden lang.

»Nonnos Dad ist von den Bergleuten ins Café geschmuggelt worden, vor der Nase von Polizei und Armee«, sagte Joe. »Grandios!«

»Ja«, sagte Mimi, dann nahm sie seine Hand und schaute ihm in die Augen. »Das Café ist wichtig, Joe.«

Hitzestöße jagten seinen Arm hoch. »Ich weiß.«

»Gib nicht auf.«

»Werde ich nicht.«

Joes Hand wurde heiß. »Was möchtest du, Mimi?«, fragte er. »Ich meine, was willst du in Zukunft machen?«

»Ich möchte eines Tages ein Restaurant haben und für Menschen kochen«, sagte sie. »Das ist eine fantastische Beschäftigung.«

»Ja«, sagte Joe, obwohl er es erst ein Mal gemacht hatte.

»Essen bringt die Menschen zusammen«, sagte Mimi. »Das ist nicht so, wenn Leute Fußball gucken oder zur Kirche gehen ... Essen bringt Familie und Freunde zusammen, sie essen und reden. Und wenn du für Menschen kochst, zeigst du, dass du sie liebst. Gutes Essen schenkt Freude und macht Menschen glücklich. Es ist etwas Besonderes ... Essen ist Leben.«

Joe war voller Bewunderung. »Ja«, sagte er. Er hatte ein ganz seltsames Gefühl, als ob sein Urgroßvater Vito zuhörte. »Du könntest hier kochen, Mimi«, sagte er. »Wie Mr Malewski es vorhat, aber du könntest für alle kochen.«

Sie lächelte. »Ja, Joe.«

»Dein erstes Restaurant«, sagte er.

Sie lachte und streichelte sein Gesicht.

»Du würdest uns helfen, Mimi«, sagte Joe. »Bei meinem Plan.«

»Welchem Plan?«

Neununddreißig

Joe hatte Angst, Mam könnte ausrasten, als sie in der Küche stand und ihn und Mimi ansah. »Du kannst doch nicht erwarten, dass wir Lebensmittel kaufen und einen Mittagstisch vorbereiten, für den unwahrscheinlichen Fall, dass Kundschaft kommt.«

»Nonno hat gesagt, dass er die Lebensmittel bezahlt«, sagte Joe. »Er möchte einen Versuch machen, Mam, und jetzt haben wir doch schon mehr Kundschaft, oder nicht?«

»Wohl eher Geiseln«, sagte Mam.

»Wir können gutes Essen kochen«, sagte Mimi. »Gesund, lecker und sauber.«

Joe wandte sich an Dad. »Du isst doch Mimis Essen gern, oder?«

Dad schaute zu Mam hinüber, und in diesem Moment ging die Türglocke. »Da kommt sicher Gwen zum Essen«, sagte er. »Lasst uns eine nette Familienmahlzeit haben, ja?«

Joe öffnete die Hintertür. »Hallo, Gwen.«

Gwen hatte sich die Haare frisch gelegt und Make-up aufgetragen. »Ich bin sonst so spät nicht mehr unterwegs«, sagte sie.

Mam begrüßte sie herzlich, als Gwen hereinkam.

»Mein Beitrag zur Mahlzeit«, sagte Gwen und reichte ihr eine Flasche Wein. »Ach, hier riecht aber irgendwas köstlich!«

Mimi nickte und lächelte. *»Pasta al pesto.«*

»Das ist frisch gemachte *pesto*-Soße«, sagte Joe. »Eigentlich sehr einfach – klein gehacktes Basilikum, Öl und Pinienkerne mit Parmesan- und Pecorinokäse.«

Wieder ging die Türglocke.

»Wer kann das sein?«, fragte Mam.

»Wahrscheinlich Vaughan«, sagte Joe.

»Vaughan?!«

»Ja, Mam«, sagte Joe. »Habe ich nicht erwähnt, dass ich ihn auch eingeladen habe?«

»Nein, hast du nicht.«

Vaughan kam herein, er hatte einen Blumenstrauß und einen Segeltuchbeutel dabei. Er hatte sich die Haare mit Gel zu einer Art Schmalztolle frisiert und trug einen Anzug mit Schlips und Kragen. Er begrüßte alle und reichte die Blumen dann Mimi. »Für dich«, sagte er.

»Oh, danke.«

Vaughan hob seinen Beutel hoch. »Und mein letzter Rosenkohl«, sagte er und reichte ihn Mam.

»Welche Ehre«, sagte sie.

Als das Essen serviert wurde, legte Joe eine Opern-CD ein.

»*Buon appetito*«, sagte Mimi.

Sie fingen an zu essen.

»Ist das köstlich«, sagte Gwen.

»Wie Musik in meinem Mund«, sagte Vaughan.

Mimi lachte.

Nachdem Joe probiert hatte, sagte er: »Etwas mehr Pfeffer, finde ich.«

Mimi sah ihn an.

»Was ist das für Musik?«, fragte Gwen.

»Ja, das ist ein bisschen dramatisch, Joe«, sagte Mam.

»Das ist *Tosca* von Puccini«, sagte Joe. »Und da singt Scarpia – der ist richtig fies.«

»Wer ist das?«, fragte Vaughan.

»Der Schurke«, sagte Joe. »Es ist so: Wenn Scarpia nicht bei Tosca landen kann, will er ihren Geliebten erschießen lassen.«

»Ach du meine Güte«, sagte Gwen.

Joe nickte. »Doch er verspricht, dem Exekutionskommando Platzpatronen zu geben, und Tosca glaubt ihm.« Das Crescendo von Chor und Orchester steigerte sich. »Aber dann erfahren wir, dass alles gelogen war, und Toscas Geliebter wird mit echten Kugeln erschossen.«

Joe sprang auf und machte große Augen. »Da sieht Tosca ihren Geliebten tot und von Kugeln durchlöchert. Sie rennt auf den Burgturm. ›Scarpia‹, singt sie. ›Wir sehen uns vor Gott!‹ Und dann springt sie. Platsch. Schluss, aus.« Er schloss die Augen, als die Musik donnernd zu ihrem Ende kam.

Als Joe die Augen wieder öffnete und sich umsah, starrten ihn alle schweigend an. Vaughan war das Kinn runtergeklappt.

»Joe, hast du wieder Kaffee getrunken?«, fragte Mimi.

»Nein.«

»Klingt gut«, sagte Vaughan. »Ob das wohl verfilmt worden ist?«

»Also ich krieg davon Verdauungsstörungen«, sagte Mam. »Leg lieber mal Mantovani ein.«

Joe und Dad räumten den Tisch ab und das Dessert wurde in hohen Gläsern serviert. »*Zabaglione*«, sagte Mimi. »Geschlagenes Ei mit Marsalawein.«

»Du meine Güte«, sagte Gwen, als sie probiert hatte. »Ich kann ehrlich sagen, so etwas Leckeres habe ich nicht mehr gegessen, seit ... na ja, hab ich eben noch nicht, so einfach ist das.«

Joe war von dem Geschmack hin und weg. Es war warm und cremig und schmeckte wie ein köstlicher Likör.

Vaughan räusperte sich. »Angeblich geht Liebe ja durch den Magen.« Joe bemerkte, dass Vaughan Mimi anstarrte. »Und dieses Essen ... das ist wie ein Expresszug zu meinem Herzen.«

»Soll das heißen, dass es deine Adern verstopft?«, fragte Dad.

»Nein. Nein, ich meine ... ach, ist auch egal.«

Joe sah zu, wie die anderen die köstliche Mahlzeit verzehrten, und ihm ging mehr denn je auf, dass er kochen wollte.

»Nun, ich möchte nur sagen, wie lieb es von euch war, mich einzuladen«, sagte Gwen. »Gerührt, das bin ich.«

»Hört, hört«, sagte Vaughan.

»Und das geht jetzt dich an, Lucia«, sagte Gwen.

Mam machte ein überrasches Gesicht. »Mich?«

»Ja«, sagte Gwen. »Seit mein Mann gestorben ist und meine Tochter am anderen Ende der Welt weit weg in Australien lebt, ist das Café der einzige Ort, wo ich mich wirklich willkommen fühle. Und ich weiß, dass die Zeiten hart sind für eure Familie und für euer Café ...« Sie hob ihr Glas. »Aber ich möchte euch alles Glück der Welt wünschen.«

Mam sah zu Joe hinüber, als sie alle miteinander anstießen.

Joe und Vaughan brachten Gwen zur Bushaltestelle.

»Habt ihr zufällig Lou Zecchini gekannt?«, fragte er.

»Ich wohl«, sagte Gwen. »Er lebt nicht mehr. Seine Tochter wohnt in Llanelli, glaube ich. Warum?«

»Ach, nur so eine Idee. Da kommt der Bus.«

Als der Bus sich näherte, schob Joe nach: »Und seid ihr beide dann bereit für morgen?«

»Bist du sicher?«, fragte Vaughan.

»Ihr würdet uns wirklich einen Gefallen tun, ehrlich«, sagte Joe. »Kommt einfach nach halb eins, bestellt den Mittagstisch und esst im Café. Das ist alles.«

»Und es ist gratis?«, fragte Gwen.

»Ja, für euch zwei«, sagte Joe. »Das muss allerdings unter uns bleiben.«

»Wie aufregend«, sagte Gwen.

Joe und Vaughan warteten, bis sie in den Bus eingestiegen war, und sahen ihm hinterher.

»Na, noch mal vielen Dank, Joe«, sagte Vaughan. »Aber ich kann wirklich für das Mittagessen bezahlen.«

»Nein«, sagte Joe. »Auf keinen Fall.«

»Na, ich kapier das ja nicht, aber dann bis morgen.«

Vaughan wollte schon gehen, zögerte dann jedoch. »Nimm die Frage nicht übel, Joe, aber hat Mimi einen Freund?«

»Nein, das nicht, aber ...«

»Ja?«

Joe zog die Mundwinkel nach unten in dem Versuch, überzeugender auszusehen. »Versteh das jetzt nicht falsch«, sagte er und merkte, dass seine Stimme ziemlich tief klang.

»Nein, sag schon«, sagte Vaughan. »Von Mann zu Mann.«

»Na, sie ist schließlich meine Cousine«, sagte Joe, noch immer mit seiner tiefen Stimme. »Und da muss ich doch auf sie aufpassen, verstehst du ... und es ist so ...«

»Ich habe ihr nichts zu bieten«, sagte Vaughan. »Das meinst du doch, oder?«

»Na ja ...«

Vaughan seufzte. »Nein, du hast recht ... Fast dreißig, keine Arbeit, und alles, was ich habe, sind mein Name auf einem Gestell voll DVDs und ein Schrebergarten.«

»Und du lebst bei deiner Mam«, fügte Joe hinzu, hatte aber sofort ein schlechtes Gewissen, als er Vaughans Reaktion sah.

»Das hast du Mimi gegenüber doch wohl nicht erwähnt?«, fragte Vaughan.

»Nein.«

»Gut.«

Joe legte ihm die Hand auf die Schulter. »Mimi hat aber gesagt, dass sie von deinem Garten beeindruckt ist.«

»Wirklich?«

»Ja.«

Vaughans Gesicht hellte sich auf. »Meinst du, sie freut sich, wenn ich ihr ein paar Pastinaken bringe?«

»Ja, das tut sie bestimmt«, sagte Joe.

Vaughan schaute zum Himmel hoch. »Sieh dir mal den Mond an, Joe. Ist der nicht schön?«

»Das ist er.«

»Nacht, Joe.«

»Nacht, Vaughan.«

Joe sah ihm hinterher, dann betrachtete er die High Street im Mondlicht.

Eine schöne Straße, dachte er. *Mit einem schönen Café.*

Vierzig

Joe lief ein Schauer über den Rücken, als er sah, dass Gäste vor dem Café warteten.

»Na, das war ja noch nie da«, sagte Mam, als sie öffnete.

Die Gäste kamen herein, und während Mam die Bestellungen aufnahm, erkundigte sich Joe nach den Namen der Patienten, die zur Sprechstunde wollten. Danach rief er in der Praxis an.

»Morgen, Mrs Moore«, sagte er. »Ich habe hier Patienten, die darauf warten, dass sie aufgerufen werden – Mr James, Mrs Patel, Mrs Petrovich mit ihrem Sohn Ivan …« Joe wurde jetzt ganz leise. »Ich muss Sie warnen, sein Gesicht ist angeschwollen wie ein Gummiball … Dann haben wir noch Mr Lewis, Mrs Evora und Mr Conway. Das sind bisher alle.«

»Danke, Joe. Das Wartezimmer ist leer – wunderbar«, sagte Mrs Moore. *»Nur ein paar Leute, die ihre Rezepte erneuern lassen wollen.«*

Mr James hob die Hand. »Wir müssen aber nichts verzehren, oder?«

»Nein. Durchaus nicht, Mr James«, sagte Joe.

»Hab ich dir ja gesagt«, murmelte Mam. »Der war immer schon ein Geizkragen.«

»Kann ich bitte einen Tee haben?«, fragte Mrs Evora.

»Und ich hätte gern einen Kräutertee, bitte, Joe«, sagte Mrs Patel.

»Pfefferminz?«

Sie nickte und rieb sich den Bauch. »Seit Tagen schon nicht in Ordnung.«

»Wird gleich serviert.«

Mr Conway schnupperte in der Luft. »Was für ein köstlicher Kaffeeduft.«

»Der ist frisch«, sagte Joe.

»Dann nehme ich einen«, sagte Mr Conway. »Mal probieren, ob ich den vertrage.«

»Ach, sicher doch. Ich auch«, sagte Mr James.

»Das ist eine gute Entscheidung«, sagte Joe und grinste Mam zufrieden an.

»Mrs Evora zu Dr. Dhital, Raum 2 bitte.«

»Aber ich habe meinen Tee doch noch gar nicht getrunken«, sagte Mrs Evora.

»Wissen Sie, was«, sagte Joe. »Sie können ihn mitnehmen oder nach Ihrem Termin zurückkommen und sich einen neuen holen. Gratis.«

Mrs Evora strahlte. »Danke, Joe. Ich komme dann nachher wieder vorbei.«

»Ganz schön großzügig neuerdings«, sagte Mam.

»Nein, ich baue hier am Ort ein Netzwerk auf«, sagte Joe. »Und jetzt lege ich die Speisekarte für den Mittagstisch aus.«

Er ging durch das Café und verteilte die Speisekarten, die er am Computer entworfen hatte, auf den Tischen.

»Das ist unser Mittagstisch heute«, sagte er zu den Gästen. »Extra für Sie gekocht von unserer Verwandten aus Italien – echte italienische Küche. Wird ab halb eins serviert.« Die Gäste murmelten untereinander, und nun kam Vaughan herein.

»Tag zusammen.«

»Tag, Vaughan«, sagte Joe. »Das Übliche?«

»Espresso, bitte – hat mich zu einem neuen Menschen gemacht. Mimi da?«

Mimi trat aus der Küche. »Oh, hallo, Vaughan.«

»*Buon giorno*, Mimi«, sagte er lächelnd. »Hab dir Pastinaken aus meinem Schrebergarten mitgebracht.«

»Ach, danke.«

Joe machte den Espresso fertig und brachte ihn Vaughan, der sich in einer Nische niedergelassen hatte. Joe wischte den Tisch ab und flüsterte ihm dabei zu: »Du machst noch immer mit?«

»Klar«, sagte Vaughan. »Freu mich schon. Wer sagt denn Nein zu einer Gratismahlzeit?«

Joe versetzte ihm unter dem Tisch einen Tritt. »’tschuldigung«, sagten sie beide zugleich.

»Punkt halb eins«, sagte Vaughan. »Uhrenvergleich?«

»Nicht nötig.«

Joe überzeugte sich davon, dass Mimi alles hatte, was sie brauchte, um den Mittagstisch zu servieren, dann ging er zur Schule.

Unterwegs knallte ihm eine Hand auf die Schulter. Er zuckte zusammen und wusste, wer das war.

»Wie geht es Mimi?«, fragte Bonner. »Hat mich erwähnt, oder?«

Joe spürte ein bitteres Aufstoßen und dann kam ihm eine Idee. »Doch, zufällig ja.«

Bonner blieb stehen. Sein ewiges Lächeln verschwand. »Wirklich?«

Joe nickte.

»Was hat sie gesagt?«

»Sie sagt immer wieder: ›Bonner ist ein großer Mann‹, und darauf ich: ›Ja, ist er.‹«

Bonner starrte in die Ferne. »Großer Mann«, sagte er zu sich.

»Und deine Mam hat ihr gefallen«, sagte Joe.

»Mam hat ihr gefallen«, wiederholte Bonner, und Joe sah, dass seine Augen hervorquollen.

»Mimi kocht heute im Café ein ganz besonderes Mittagessen«, sagte Joe.

»Echt?«

»Ja«, sagte Joe. »Ich sag dir, Bon, für uns Italiener ist Essen wichtig, weißt du? Echt wichtig, und Mimi kennt sich aus.«

Sie gingen zur Schule und Joe merkte, wie sich Bonners Arm um seine Schulter legte.

»Bist schon in Ordnung, Joe.«

Einundvierzig

In der Mittagspause rannte Joe zurück zum Café. Er war nervös, als er näher kam, aber sobald er die vielen Gäste an den Tischen sah, bohrte er die Faust in die Luft. »Jawoll!«

Er ging hinein und trat sofort hinter den Tresen. »Hallo, Mam«, sagte er. »Schon irgendwer Mittagstisch bestellt?«

»Nein.«

Die Gäste plauderten über ihren Getränken, während sie warteten.

»Ist dir schon aufgefallen«, fragte Joe, »dass die Atmosphäre hier angenehmer ist als im Wartezimmer bei den Ärzten?«

»Kann ich nicht behaupten.«

»Sieh sie dir doch an, Mam. Sie plaudern. Beim Arzt sind die Leute nervös, wenn sie warten müssen – es könnte ja eine schlechte Nachricht sein –, aber im Café fühlen sie sich in Sicherheit. Sie sind hier glücklicher als drüben. Ganz bestimmt.«

»Mrs Shaw zu Dr. Dhital, Raum 2, bitte.«

Joe ging weiter in die Küche, wo Mimi das Essen vorbereitete. »Riecht köstlich, wie immer«, sagte er. Er öffnete die Tür und schwenkte ein großes Handtuch in Richtung des Cafés.

»Was machst du denn da?«, fragte Mam.

»Die müssen riechen, ehe sie kaufen«, flüsterte er.

Mam seufzte.

Joe wanderte zwischen den Tischen entlang und rückte Soßen und Gewürze zurecht.

»Mimi«, rief er in die Küche. »Die *Minestrone* – die besteht aus Tomaten, Bohnen, Sellerie, Möhren, Kartoffeln, Basilikum und jeder Menge Parmesan, oder?«

»Ja, richtig«, antwortete Mimi mit lauter Stimme.

Gleich darauf kam Vaughan herein. Er lächelte. »Mmm. Was ist denn das für ein köstlicher Duft?«, fragte er, als Mam gerade rief: »Bus nach Ponty im Anmarsch!«

Mehrere Gäste sprangen auf und drängten sich an Vaughan vorbei.

Joe ging zu ihm und flüsterte: »Meinst du, du könntest rausgehen und noch mal reinkommen? Sie haben das nicht mitgekriegt.«

»Oh, okay«, sagte Vaughan und ging hinaus. Joe trat wieder hinter den Tresen.

»War das eben Vaughan, der gleich wieder gegangen ist?«, fragte Mam.

»Ist mir nicht aufgefallen«, sagte Joe, als Vaughan erneut hereinkam und zum Tresen ging. Er zwinkerte Joe zu.

»Mmm. Hier riecht ja irgendwas köstlich!«

Einige Gäste schauten auf.

»Das ist die Tagessuppe, Vaughan«, sagte Joe. *»Minestrone.«*

»Echt?«, fragte Vaughan laut und sah sich zwischen den Gästen um. »Ja, die nehm ich doch, das ist ja wohl klar.«

Joe beugte sich vor und flüsterte: »Nicht übertreiben, Vaughan.«

»'tschuldige.«

»Eine Tagessuppe«, rief Joe in die Küche, während Vaughan Platz nahm.

»Was soll das nun wieder?«, fragte Mam.

»Ach, nichts«, sagte Joe.

Die Türglocke bimmelte und Gwen kam herein. »Hallo, Lucia! Hallo, Joe.«

»Hallo, Gwen. Das Übliche, ja?«, fragte Mam.

Joe fand, dass Gwen nervös aussah. Sie presste ihre Handtasche an sich und schaute zu ihm herüber. »Na ja, ich wollte eigentlich das Übliche«, sagte sie. »Aber was riecht denn hier so gut?«

»Das ist die Tagessuppe, Gwen«, sagte Joe laut.

Mam stöhnte. »Ich glaub das nicht!«

»Ich nehm die auch!«, rief Vaughan.

»Na, dann«, sagte Gwen. »Man lebt nur einmal.«

Sie setzte sich, gerade als Bonner und seine Clique mit Combi hereinkamen.

Mimi brachte die Suppe für Vaughan aus der Küche.

»Hallo, Mimi«, sagte Bonner mit einem besonders breiten Grinsen und einem Augenzwinkern.

»Hallo«, sagte sie und rieb Parmesankäse auf Vaughans Suppe.

»Was kann ich für dich tun?«, fragte Joe Bonner.

»Wir wollen Mittagessen, ist doch klar.«

»Habt ihr reserviert?«, fragte Joe.

»Äh?«, fragte Mam.

Joe trat ihr vorsichtig auf den Fuß.

»Reserviert?«, fragte Combi.

»Wusste nicht, dass das nötig ist«, sagte Bonner.

Joe schaute sich im Café um. »Na, mal sehen ... Euch beide kann ich noch reinquetschen, aber die anderen müssen warten, fürchte ich.«

»Der Tisch ist doch leer«, sagte Bonner und zeigte darauf.

»Der ist reserviert«, sagte Joe und kam hinter dem Tresen hervor. »Kommt mit.«

Er führte Bonner und Combi zu einem Tisch, an dem schon andere Gäste saßen, und drückte jedem eine Speisekarte in die Hand. Als er zum Tresen zurückging, sprach ihn ein Gast an: »Was ist das Pastagericht?«

»Würzige italienische Wurst mit Rigatoni-Nudeln«, sagte Joe. »Von der Küche besonders empfohlen.«

»Es ist nur«, sagte der Gast, »dass ich darauf warte, zur Sprechstunde aufgerufen zu werden.«

»Wir servieren den Mittagstisch bis halb zwei«, sagte Joe. »Ich kann Ihnen einen Platz frei halten.«

Er ging zurück hinter den Tresen und sah, dass Mam sich an den Kopf fasste. »Wir kriegen noch Ärger mit dem Ordnungsamt«, murmelte sie.

Joe nickte Vaughan zu und Vaughan stöhnte laut.

Die Gäste drehten sich zu ihm um. »Das ist einfach köstlich!«, sagte er und hob einen weiteren Löffel Suppe an seinen Mund. »Ich spüre bei jedem Mundvoll, wie gut mir das tut. Vitamine jagen durch meinen Leib.«

»Könnte ich auch eine Portion haben?«, fragte ein Gast.

»Ich auch«, bat ein anderer.

»Mr Collins zu Dr. Foster, Raum 3.«

»Das bin ich«, sagte Mr Collins. »Aber ich komme danach zurück und esse meine Pasta.«

»Natürlich«, sagte Joe. »Zweimal Suppe!«, rief er in die Küche.

»Schon unterwegs«, sagte Mimi.

Joe zwinkerte seiner Mam zu. »Läuft das nicht perfekt?«

Zweiundvierzig

Joe rannte immer wieder zum Treppenabsatz und lugte neugierig hinunter in die Küche. Mr Malewski und sein Sohn Dariusz standen am Herd, rührten in großen Töpfen und brieten Fleisch. Es roch stark und ländlich.

»Fremde im Haus«, sagte Mam, die im Wohnzimmer mit Dad vor dem Fernseher saß. »So richtig bequem ist mir das nicht.«

»Willst du noch ein Kissen?«, fragte Joe.

Mam verdrehte die Augen. »Mach mich nicht wahnsinnig, Joe.«

»Aber Mam«, sagte er. »Vielleicht verkaufst du das Café ja an Mr Malewski.«

»Noch nicht.«

Joe ging nach unten. Er sah, dass Dariusz Mimi gerade erklärte, was sie kochten. Sie wirkte überaus interessiert, und Joe wurde eifersüchtig. Aus dem Café erklang Gelächter und Geplauder. Er schaute hinein und sah die Gäste trinken und reden, während sie auf ihr Essen warteten. Es war schön, aber er fühlte sich ausgeschlossen und deshalb ging er hinaus.

Er lief durch die Seitenstraße zur High Street. Von der anderen Straßenseite aus konnte er das hell erleuchtete Café sehen. Die Gäste saßen in den Nischen, sie plauderten, aßen und tranken, als wäre es ihre letzte Nacht auf Erden. Er sah Dariusz und Mimi, die die Schüsseln servierten, und er sah die Gäste, wie sie zulangten. Es war fantastisch. Ein Restaurant, das in der Dunkelheit strahlte, ein Ort, wo man gutes Essen bekam und willkommen war – »ein Ort, wo man sein konnte«, wie Nonno gesagt hatte. Joe stellte sich vor, dass es so gewesen sein musste, als Nonno in seinem Alter war.

»He, Joe!«

Er drehte sich um und schaute hoch. Marta beugte sich aus einem Fenster über Malewskis Laden. »Gute Geschäfte, was?«, fragte sie und nickte zum Café hinüber. »Eines Tages wird das mir gehören.«

»Noch habt ihr es nicht gekauft«, sagte Joe verärgert.

»Ich wollte heute Abend mithelfen, aber Dad hat Nein gesagt. Nicht fair.« Sie zeigte auf das Café. »Leute glücklich, essen, geben Geld aus.« Sie kicherte und klatschte in die Hände. »Und ich höre, euer Mittagstisch läuft auch gut.«

»Nicht schlecht«, sagte Joe.

»Ihr solltet internationales Menü anbieten«, sagte sie. »Dann kriegt ihr mehr Gäste. Überleg mal, Joe … internationales Menü.«

Joe zuckte mit den Schultern und ging zurück über die Straße.

»He, Joe!«, rief Marta wieder.

»Was denn?«

»Wie alt bist du?«

»Vierzehn. Warum?«

Sie zuckte mit den Schultern. »Hatte dich für älter gehalten.«

Joe fühlte sich geschmeichelt, blieb stehen und schaute sich um. Marta winkte ihm zu und lachte.

Dreiundvierzig

Papà saß am Kamin und erzählte uns, was an dem Morgen passiert war, als das Schiff gesunken war.

Er war von der Explosion aus dem Schlaf gerissen worden. Er sagte, zuerst habe er gedacht, das Schiff sei in einen Hafen eingelaufen und mit der Hafenmauer kollidiert. Mario saß kerzengerade in seiner Koje. Er schien sofort zu wissen, dass sie von einem Torpedo getroffen worden waren. Alles war still, aber dann hörten sie auf dem Gang Rufe und eilige Schritte. Papà und Mario rannten hinter den anderen her an Deck.

Ich weiß noch, dass Papà für einen Moment ins Leere starrte, und dann sagte er flüsternd: »Ich will nie wieder so eine Panik sehen müssen!«

Männer, die nur an sich dachten, die andere beiseitestießen. An Deck kämpften die Leute um einen Platz in einem Rettungsboot. Manche trieben im Wasser, einige schwammen, andere klammerten sich an Wrackteile oder aneinander. Das Schiff hatte Schlagseite. Ihnen blieb nicht mehr viel Zeit. Sie wussten, dass sie schwimmen müssten.

»Da war ein Mann, ein anderer Italiener«, erzählte Papà uns. »Sein entsetztes Gesicht werde ich nie vergessen. ›Ich kann nicht schwimmen‹, sagte

er. ›Komm mit uns‹, sagte ich, als ich auf die Reling stieg, aber das wollte er nicht. Dann sprangen Mario und ich.«

Er beschrieb den Schock, als sie im kalten Wasser landeten, und wie er verzweifelt nach Luft schnappte, als er wieder an die Oberfläche kam. Er hielt überall Ausschau nach Mario, aber gleich darauf wurde er von etwas getroffen. Jemand war vom Schiff gesprungen und auf ihm gelandet und hatte Mario dabei wieder ins Wasser gedrückt. Der Mann tauchte auf, schnappte nach Luft und schwamm weg.

Papà rief: »Mario! Mario!« Er hörte, wie Metall riss und brach, und er sah, wie das Schiff aus dem Wasser gehoben wurde. Er sah den Mann, der nicht schwimmen konnte und der sich noch immer an die Reling klammerte, als das Schiff anfing zu sinken. Das Wasser wogte wütend auf, und das Schiff war verschwunden.

Papà sah Mario nie wieder.

Er saß da und brach in Tränen aus. Ich sah ihn zum ersten Mal in meinem Leben weinen. Mamma hatte den Arm um ihn gelegt. Zia weinte. Sie hatte ja gewusst, dass ihr Mann tot war, aber nun wusste sie endlich, wie er gestorben war.

Joe hielt das Band an. Es kamen nur schreckliche Dinge, eins nach dem anderen: die Entscheidung, die Italiener zu internieren, die Entscheidung, sie nach Kanada zu schicken, die Entscheidung des deutschen U-Bootes, ein Schiff voll unschuldiger Menschen, auch Deutsche darunter, zu torpedieren. Es war wie die Handlung in einer Oper – nur war es das wirkliche Leben. Joe wollte das Band schon weiterlaufen lassen, aber da hörte er die Musik.

Vierundvierzig

Die Fenster vibrierten.

Joe lief nach unten und lugte ins Café. Dariusz spielte ein Akkordeon, das er auf seinen Knien hielt. Die Gäste sangen mit.

Mimi klatschte im Takt der Musik und lachte. Joe sah sie zum ersten Mal wirklich glücklich. Mr Malewski und Mr Kempski standen Arm in Arm da und sangen mit Tränen in den Augen.

»Joe!«, sagte Mr Kempski. »Ich habe Heimweh nach meinem Dorf, gleich bei Gdansk.«

Mam tauchte in der Tür auf. Sie sah alles andere als glücklich aus. »Mr Malewski«, brüllte sie, aber ihre Stimme ertrank in der Musik. Sie machte kehrt und ging wieder nach oben.

Es war sehr spät, als Mam darauf bestand, dass die Gäste endlich aufbrachen.

Joe sah zu, wie sie sich auf den Heimweg machten und dabei aus voller Kehle sangen. Der Regen funkelte im Licht der Straßenlaternen und er war neidisch auf Mr Malewski, der für diese Menschen gekocht hatte.

»War gut, was, Joe?«, fragte Mr Malewski, der gerade einen Tisch abwischte. »Polen arbeiten hart, spielen hart und essen gut. Wir machen diese Stadt lebendig.« Er hob sein Glas. »*Na zdrowie!*«

»Bringen Sie ihm jetzt auch noch das Trinken bei, Mr Malewski?«, fragte Mam.

»Wir feiern. Er ist großartig, Ihr Junge«, sagte Mr Malewski und streichelte Joes Kopf.

»Ja, das schon. Aber jetzt, wenn es Ihnen nichts ausmacht ... Es ist schon sehr spät.«

Mr Malewski zog ein dickes Bündel Banknoten hervor. »Ich schulde Ihnen fünfzig Prozent des Geldes.«

»Wir haben doch gesagt, vierzig«, sagte Joe.

Mr Malewski winkte ab. »Vierzig, fünfzig. Heute Abend ist mir das egal.« Er zählte das Geld auf dem Tisch ab. »Gute Nacht, Mrs Davis.«

Joe legte eine CD ein und Opernmusik erklang, als er zusammen mit Mimi und Dad Mam beim Aufräumen half. Er sah zu, wie Mr Malewski über die Straße zu seinem Laden torkelte und dabei sang.

»Das war fantastisch«, sagte Mimi. »Sie essen und singen und sind glücklich!«

»Ja«, sagte Joe.

»Ich bin nicht sicher, ob es die Sache wert war«, sagte Mam. »Ich meine, seht euch doch die Sauerei an.«

Joe rückte ein Foto an der Wand gerade. »Warum hasst du den Laden so sehr, Mam?«

Er sah den Schock in ihren Augen.

»Er hat recht!«, sagte Mimi zu Mam. »Ich höre Nonnos Bänder – dieses Café hat ein Herz, aber dir ist das egal.«

»Ich glaube nicht, dass dich das etwas angeht«, sagte Mam.

»Mich nicht, nein, aber meine Urgroßmutter ist neunzehn'undertneununddreißig hergekommen – sie hat Nonno ge'olfen, als sein Papà weggebracht wurde. Nonno hat mich gerufen. Er hat meine Reise bezahlt. Ich sollte 'elfen, ein letztes Mal, ehe Schluss ist, aber ich sehe, du gibst auf. Dir ist das egal ...«

»Ja, richtig, mir ist das egal«, sagte Mam und kochte jetzt fast vor Wut. »Ich habe nur sechsundneunzigtausend Stunden zwischen diesen Wänden geschuftet – ich weiß das, weil ich eines Tages einen Taschenrechner bekommen und es ausgerechnet habe. Sechsundneunzigtausend Stunden.« Sie hatte Tränen in den Augen, während im Hintergrund Madam Butterfly sang. »Und du kommst hier mit deinen Kochkünsten und meinst, du kannst die Zeit zurückdrehen und alles wieder machen, wie es war – einfach so!«

Sie drehte sich zu Joe um. »Ich weiß, was du willst, Joe – das habe ich begriffen, aber ich rede jetzt davon, was ich will.« Sie tippte sich an die Brust, während das Orchester zu einem dröhnenden Höhepunkt ansetzte. »Mein Dad hat seine Ruhe verdient, doch nun bin ich an der Reihe. Nun bin ich dran. Hast du verstanden?«

»Aber wenn du nicht hier arbeiten wolltest, warum hast du das nicht einfach gesagt?«, fragte Joe. »Nonno hätte es verstanden, doch stattdessen machst du diese vier Wände verantwortlich.« Sein Herz hämmerte wie die Becken im Orchester. Er zeigte auf das Bild. »Das hier gehört uns – es ist unser Familienbetrieb, Mam. Ich höre mir Nonnos Geschichte an, und die Geschichte seines Papà, und ich liebe das Café nur noch mehr. Ich will nicht, dass es stirbt.«

Eine Träne lief ihm über die Wange.

»Es ist spät, Joe«, sagte Mam. »Ich würde gern ins Bett gehen.« Sie drehte sich zu Mimi um. »Und du … du hast unsere Gastfreundschaft überstrapaziert.«

Mam ging nach oben. Mimi öffnete die Cafétür und lief hinaus in die Nacht.

»Das war ja wohl nicht so gut, Joe«, sagte Dad.

Schweigend räumten sie die restlichen Tische ab.

Fünfundvierzig

Joe saß allein da und hörte sich den Rest von Nonnos Band an.

Papà musste sich versteckt halten und eine Weile blieb er in der Mansarde, aber wir hatten immer Angst, dass die Armee oder die Polizei noch einmal kommen könnten.

Inzwischen war alles rationiert, und Papà konservierte weiterhin alle Arten von Lebensmitteln und hatte viel zu tun, doch es machte ihn wahnsinnig, die ganze Zeit in der Mansarde hocken zu müssen. Ich glaube, die Gefangenschaft, auch wenn sie nicht so lange gedauert hatte, hatte etwas mit ihm gemacht. Ab und zu verkleidete er sich also als Bergmann und ging abends aus. Du kannst dir vorstellen, wie schlimme Sorgen Mamma und ich uns machten, aber er sagte, er müsse einfach mal raus.

Eines Abends kam er wieder herein und sagte zu mir: »Folge mir, Beppe.« Er ging mit mir nach oben in die Mansarde. Da standen wir dann und sahen uns die vielen Einweckgläser an. »Nimm sie«, sagte er. »Die Leute haben Hunger.«

»Aber das ist doch für den Winter, Papà«, sagte ich zu ihm.

»Nein«, sagte er. »Die Leute brauchen es jetzt.«

Dann hörten wir Mamma: »Vito! Beppe!«

Als wir nach unten kamen, stand der Bergmann Dai Gwynn in der Küche. »Du musst weg, Vito. Irgendwer hat der Armee einen Tipp gegeben und sie sind mit der Polizei auf dem Weg hierher. Geh zu mir«, sagte er. »Da kannst du dich verstecken. Meine Frau erwartet dich schon.«

Papà und Mamma dankten ihm, aber ich war wütend.

»Wer hat ihn bei der Armee verpfiffen?«

»Das wissen wir nicht, Beppe.«

»Ich wette, es war Wachtmeister Williams.«

»Der war es jedenfalls nicht«, sagte Dai.

»Woher willst du das wissen?«

»Weil Wachtmeister Williams mir gesagt hat, ich solle Vito hier rausholen.«

Ich schämte mich, weil ich so voreilig geurteilt hatte. Kaum war Papà weg, da trafen der Offizier und Wachtmeister Williams ein, um das Haus zu durchsuchen. »Tut mir leid, Beppe«, sagte Wachtmeister Williams.

»Es ist eine Schande«, brüllte ich, als die Soldaten nach oben trampelten. Dann flüsterte ich ihm zu: »Danke.«

Was für ein Mann, und was hat er damals riskiert! Viel mehr gibt es nicht mehr zu erzählen, Joe …

In Joes Gedanken nahm jetzt langsam eine Idee Gestalt an. Er konnte nicht schlafen, und deshalb ging er nach unten.

Dort setzte er sich in dem dunklen Café in eine Nische. Die High Street war leer, und Bryn Mawr sah aus wie eine Geisterstadt.

Er sah, wie ein Paar über die Straße kam. Joe stellte sich vor, das Café sei offen und heiße die beiden mit einem warmen Getränk willkommen. Dann könnten sie sich hinsetzen und sich gegenseitig Liebeserklärungen machen.

Er lächelte vor sich hin, als er sah, wie die beiden sich leidenschaftlich umarmten, und fragte sich, was es wohl für ein Gefühl wäre, auf diese Weise geküsst zu werden.

Plötzlich gingen im Café die Lichter an. »Noch immer hier?«, fragte Dad.

Joe sah, wie das Paar auseinanderfuhr, und im Licht erkannte er Mimi und Dariusz. Und er hatte das Gefühl, sein Herz sei in Stücke gesprungen.

Sechsundvierzig

Gwen war überrascht, als Joe am nächsten Morgen so früh vor ihrem Haus stand. Sie sah sich die Liste an, die er ihr hinhielt.

»Ach, an Dai Gwynn erinnere ich mich«, sagte sie. »Wenn das derselbe Dai ist.«

»Vielleicht könnte die Bücherei helfen?«, fragte Joe.

»Ja. Wäre ein Projekt für mich«, sagte Gwen. »Ich werde auch mal rumfragen. Lilly Matthews kennt bestimmt einige von diesen Leuten.«

»Danke, Gwen«, sagte Joe. Da kam ihm ein Gedanke. »Ach, und hast du je einen Johnny Corbett gekannt?«

»Aber ja doch. Er war der Vater von Natalie. Du weißt schon, die Freundin deiner Mam – die Mam von diesem Kumpel von dir, der die ganze Zeit frisst.«

Joes Magen krampfte sich zusammen, als ob er seit Tagen nichts mehr gegessen hätte. »Combi?«

»Richtig«, sagte Gwen. »Was ist los, Joe? Du bist ja ganz blass geworden.«

»Nichts.«

Als er wieder auf der Straße stand, holte Joe tief Luft. Sein bester Freund Combi – der Enkel eines Mistkerls, der alle tyrannisierte, eines Mistkerls, der in so einer schweren Zeit auf Nonno herumgehackt hatte. Er wusste nicht, was er tun sollte. Plötzlich ging einfach alles schief.

Als Joe zurück zum Café ging, sah er, dass sich eine Menge Essensgäste eingestellt hatten. Mam stand hinter dem Tresen. Joe fand, dass sie richtig traurig aussah. »Hallo, Mam«, sagte er. »Das mit gestern Abend tut mir leid.«

»Ist schon gut«, sagte sie. »Hör mal, Joe, ich möchte, dass du es als Erster erfährst … Ich habe mich entschlossen, Mr Malewskis Angebot anzunehmen.«

Joe nickte und ließ seinen Blick über die Gäste wandern, die offenbar zufrieden ihr Mittagessen verzehrten. Vaughan grinste ihn an und wickelte sich Spaghetti auf die Gabel. *»Buonissimo.«*

»Tut mir leid«, sagte Mam.

Joe hatte das Gefühl, dass er vielleicht in Tränen ausbrechen würde, wenn er hier jetzt stehen bliebe. »Okay.« Er überlegte, dass er Mam gerade nichts von seiner Idee erzählen konnte.

»Ach, und Nonno kommt nach Hause«, sagte sie.

»Wann denn?«

»In ein paar Tagen.«

»Mam, sag ihm nicht, dass du verkaufen willst. Noch nicht.«

»Es wird ihn nicht überraschen, Joe.«
»Vielleicht, aber trotzdem.«
»Okay.«

Joe sah zu, wie Nonno langsam die Pasta verzehrte. Er hätte ihm gern gesagt, dass er jetzt wusste, dass Johnny Corbetts Enkel sein bester Freund war, aber es war keine schöne Entdeckung, und dazu kam ja noch, dass Mam Mr Malewskis Angebot annehmen wollte, ganz zu schweigen davon, dass Mimi mit Dariusz zusammen war.

»Mam hat gesagt, dass du bald nach Hause kommst«, sagte er.

»Ich freu mich schon darauf.«

»Ich mich auch.«

»Du hast dir das Band angehört, Joe?«

»Ja, und ich will unbedingt wissen, was danach passiert ist.«

Nonno wischte sich den Mund ab. »Okay.«

»Moment noch«, sagte Joe. »Ich möchte das aufnehmen.«

Siebenundvierzig

Joe war auf dem Weg zum Café tief in Gedanken versunken und hörte noch dazu Musik über seinen iPod.

Plötzlich wurde ihm ein Stöpsel aus dem Ohr gezogen. »Wieder am Opernhören?«, fragte Combi.

Joe starrte ihn wütend an und riss ihm den Ohrstöpsel aus der Hand.

»Wie geht es meiner Mimi?«, fragte Combi.

»Sie ist nicht *deine* Mimi.«

»Was'n los mit dir?«

»Was los mit mir ist, ist, dass ich weiß, wer dein Opa war.«

»Na und?«

»Johnny Corbett war ein Mistkerl.«

»Ich habe ihn nicht mehr gekannt.«

Das brachte Joe für einen Moment aus dem Konzept. »Na, er hat andere schikaniert.«

»Woher weißt du das?«

»Ich weiß es eben. Ich habe alles gehört«, sagte Joe. »Nonno kämpfte darum, das Café in Gang halten zu können, und dein Opa war ein Dreckskerl, der ihm das Leben zur Hölle gemacht hat.«

»Und was hat das mit mir zu tun?«, fragte Combi.

»Was das mit dir zu tun hat?«, Joe starrte ihn wütend an. »Hau ab, Combi, und lass dich in diesem Café nie wieder sehen.«

Er drehte sich um und ging davon, aber der Schock und die Verletztheit in Combis Augen begleiteten ihn.

Achtundvierzig

Als Joe ins Café kam, ging er sofort nach oben in Nonnos Zimmer und legte eine Oper ein, um nicht an Combi denken zu müssen. Da klopfte es an der Tür. »Herein.«

Mimi kam herein und Joes Herz hämmerte. Er hielt die Musik an und zeigte auf die Kassetten. »Nonno hat noch mehr erzählt.«

Sie kam zu ihm und setzte sich neben ihn. »Alles in Ordnung, Joe? Ich hab dich in der Mittagspause nicht gesehen.«

»Ich hatte zu tun … Mir ist da eine Idee gekommen.«

»Du und deine verrückten Ideen.« Mimi lächelte ihn an und nahm seine Hand. »Ich muss jetzt weg hier, Joe.«

»Nein. Geh nicht weg«, sagte er.

»Ich glaube, es ist besser – für alle.«

»Mam will das Café verkaufen. An Mr Malewski.«

»Ich weiß«, sagte Mimi. »Nur verstehst du, Joe, ich bin gekommen, weil Nonno mich fragt, aber ich komme auch, um mir selbst zu 'elfen. Ich kann in Italien keine Arbeit finden, also bin ich 'ier.«

»Aber das hat Nonnos Dad auch gemacht.«

»Ja, nur heute ruft ein Freund an und sagt, es gibt Arbeit in London. In einer Küche. Deine Mamma verkauft das Café, also nehm ich den Job und gehe.«

Joe konnte den Anblick von Mimi, die Mr Malewskis Sohn küsste, nicht vergessen. »Aber … aber was ist mit Dariusz?«

»Dariusz?«

»Liebst du ihn nicht?«

Mimi lachte. »Ach, Joe, Joe. War nur ein Kuss – mal kurz knutschen sagt ihr, glaub ich.«

Besonders kurz war das aber nicht, dachte Joe.

»Klar, ich mag ihn«, sagte Mimi. »Er arbeitet 'art … und er macht auch gutes Essen, aber ich brauch jetzt einen Job …«

Joe schaute aus dem Fenster und sah den Mond, dick und voll; sein Licht ließ Mimis Haare glänzen und ihm fiel ein, dass der Tenor in *La Bohème* Mimi zum ersten Mal im Mondlicht sieht, als ihre Kerze ausgeblasen wird.

»Hat dir die Pasta, die ich neulich abends gekocht habe, wirklich geschmeckt?«, fragte er.

»Ja«, sagte Mimi. Sie lächelte und berührte sein Gesicht. Ihre Hand war kühl und weich. »Weißt du, Joe, eines Tages wirst du jemanden sehr glücklich machen.«

Sie beugte sich vor und küsste ihn auf die Wange.

Joe glaubte, Musik zu hören, wie am Ende einer tragischen Oper, aber da ging ihm auf, dass sein CD-Gerät ausgeschaltet war.

Als er schließlich allein war, hörte er sich den letzten Akt von *La Bohème* an. Es begann voller Freude mit den vier Studenten, die aus Spaß vorgaben, miteinander zu kämpfen, aber dann tauchte Mimi auf. Sie war sehr krank. Rodolfo, der sie liebte, glaubte, sie brauche nur Ruhe, um wieder auf die Beine zu kommen, aber seine Freunde wussten, dass sie eigentlich schon im Sterben lag.

Es war furchtbar traurig, und als die Oper zu Ende war, bohrte Joe sein Gesicht ins Kissen.

Neunundvierzig

Nonno aß die Mahlzeit, die Joe für ihn mitgebracht hatte, als sie im Aufenthaltsraum des Krankenhauses saßen.

»Du siehst viel besser aus, Nonno.«

»Das liegt am Essen, Joe«, sagte Nonno. »Das ist so wichtig, gutes Essen.« Er wischte sich den Mund ab und trank einen Schluck Wasser. »Deine Mam hat gesagt, dass Combis Mam ihr erzählt hat, du hättest dich mit ihm zerstritten – was ist da denn los?«

Joe hatte das unbehagliche Gefühl, schon zu wissen, was Nonno sagen würde. »Ich rede nicht mehr mit ihm.«

»Warum denn nicht?«

»Du würdest es nie im Leben glauben«, sagte Joe, »aber ich habe herausgefunden, dass er Johnny Corbetts Enkel ist.«

»Das weiß ich. Na und?«

»Na, er ist jetzt mein Feind, und das habe ich ihm auch gesagt.«

Joe sah etwas in Nonnos Augen, das er noch nie gesehen hatte – Nonno war wütend, und zwar auf ihn. »Was hat das denn mit Combi oder seiner Mam zu tun?«

»Aber er hat dich schikaniert, Nonno. Er hat deinen Wagen umgestoßen. Er hätte dich zusammengeschlagen, wenn Gwens Mam nicht rechtzeitig gekommen wäre. Und ich gehe davon aus, dass er es war, der das Caféfenster eingeworfen hat.«

»Ich habe dir die Geschichte des Cafés erzählt, Joe – und die Geschichte meines Lebens. Ich habe dir von Johnny Corbett erzählt, weil er damals ein Teil meines Lebens war. Meinst du, ich hätte mich nie danebenbenommen? Natürlich habe ich das. Ich habe Dinge getan, die ich bereue ...«

Joe versuchte, etwas zu sagen, aber Nonno hob die Hand.

»Ich sag dir etwas über Johnny Corbett, das nicht auf den Tonbändern ist, Joe. Er ist zur Armee gegangen und hat in Korea gekämpft und bei den Unruhen in Nordirland. Eines Tages kam er ins Café, um sich zu verabschieden, weil er wieder zum Einsatz musste. ›Wir haben nie darüber geredet‹, sagte er zu mir, ›aber ich schäme mich, weil ich dich während des Krieges so behandelt habe.‹ Ich sagte, das sei vergangen und vergessen. Wir schüttelten uns die Hände und ich bat ihn, auf sich aufzupassen.«

Nonno holte tief Luft. »Einige Monate darauf kam er bei einem Einsatz ums Leben, und seine Frau erwartete damals Combis Mam. Du hast dich falsch verhalten, Joe. Ich bin enttäuscht.«

Joe versuchte, etwas zu sagen, doch seine Stimme wurde zu einem Flüstern. »Es tut mir leid, Nonno.«

»Bring das in Ordnung, und zwar ganz schnell.«

Fünfzig

Es regnete, als Joe an Combis Tür klopfte. Combis Mam Natalie öffnete. »Ach, du bist das. Noch jemanden in meiner Familie runtermachen, oder was?«

»Nein, Mrs Morris. Ich muss mit Combi sprechen.«

»Ich bin nicht sicher, ob er mit dir sprechen will, Joe«, sagte Natalie. »Er war total außer sich. Seither killt er die ganze Zeit Zombies, und das Beunruhigendste ist – er hat den Appetit verloren.«

»Bitte«, sagte Joe.

»Ich sehe mal nach, ob er runterkommt.«

Sie ging nach oben und Joe wartete besorgt. Er wollte, dass alles wieder so wäre wie vorher, aber als er sie die Treppe herunterkommen sah, wusste er, dass das nicht möglich war.

»Tut mir leid, Joe«, sagte Natalie. »Er will dich nicht sehen.«

Als Joe die High Street erreicht hatte, blieb er vor dem geschlossenen Café auf der anderen Straßenseite stehen. Es war dunkel. Er versuchte, es sich als polnisches Restaurant vorzustellen.

»Warum siehst du so traurig aus, Joe?«, fragte Marta, die gerade aus Malewskis Laden kam.

»Dein Dad hat Glück«, sagte er.

Marta schob ihre Unterlippe vor. »Tut mir leid.« Sie hob eine vakuumverpackte Wurst hoch. »Sicher, dass du keine willst?«

»Nein, danke.«

»Bitte, Joe«, sagte sie. »Probier doch mal. Wenn sie dir schmeckt, werden unsere Sachen auch anderen Leuten schmecken, und je mehr wir verkaufen ... gutes Geschäft, verstehst du.«

Joe nahm die Wurst, und in diesem Moment erloschen im Laden die Lichter.

»Ach, was ist denn da los?«, fragte Marta. »Zu früh für Feierabend.« Sie lief ins Haus und Joe sah, dass alle Läden dunkel waren. Es war unheimlich, als ob die ganze Stadt gestorben wäre.

Marta kam wieder heraus. »Stromausfall«, sagte sie. »Schlecht fürs Geschäft.«

Joe ging um die Ecke, durch die Seitenstraße und über den Hinterhof ins Café. Er betrat die verdunkelte Küche. Alles war still, und seine Sorge wuchs. Vielleicht war Mimi schon nicht mehr da. Er hörte oben schwere Schritte, dann kam Mam mit wehendem Mantel die Treppe heruntergerannt.

»Mam?«

Sie sah verzweifelt aus. »Dein Dad.« Sie rannte an Joe vorbei zur Hintertür. »Er hat sich verletzt.«

Einundfünfzig

Joe starrte Dad im Krankenhausbett an, wo er an einen Monitor gekoppelt war. Er fand, es habe Ironie, dass Dad sein Leben lang mit Drähten und Kabeln gearbeitet hatte, dass jetzt aber die Maschine durch ihn zu laufen schien.

»Lennie«, sagte Mam.

Dad öffnete die Augen und lächelte mühsam. »Beruflich ist mir das richtig peinlich.«

»Aber du lebst noch«, sagte Mam. »Alles andere spielt keine Rolle.«

»Ich habe nachgedacht«, sagte Dad. »Nonno ist hier, und ich jetzt auch, und wenn noch mehr Familienmitglieder im Krankenhaus landen, dann wird es Gerede geben. Also seid vorsichtig, ihr beiden, um Gottes willen.«

Joe und Mam fingen an zu weinen.

»Jetzt kommt mir nicht auf die italienische Tour«, sagte Dad, und nun weinten sie noch viel mehr.

Joe blieb bei ihm, während Mam zu Nonno ging und mit den

Schwestern darüber sprach, was er brauchen würde, wenn er wieder nach Hause durfte.

»Ich habe mir eine Menge überlegt«, sagte Dad.

»Was denn?«

»Du hast den Schneid deines Opas, Joe«, sagte er. »Das bewundere ich, so, wie ich Beppe bewundere, seit ich ihn kennengelernt habe. Und ich sag dir etwas – etwas, das ich deiner Mam nie gesagt habe: Als das Café anfing, Schwierigkeiten zu haben, weil kein Geld mehr hereinkam, war ein Teil von mir froh.«

»Froh?«

»Ja, weil ich nun etwas anzubieten hatte. Ich wurde gebraucht – nicht, dass deine Mam oder Beppe mir je das Gefühl gegeben hätten, unerwünscht zu sein. Ich nehme an, das ist so eine Männersache meiner Generation. Ich wollte gebraucht werden. Wenn ich damals am Tisch saß, hatte ich nicht das Gefühl, etwas zum Haushalt beizutragen. Und als die Gäste ausblieben und weniger Geld in die Kasse kam, hatte ich das Gefühl, mich nützlich machen zu können.«

»Das versuche ich doch auch, Dad.«

»Ich weiß, Joe. Nimm nur ein bisschen Rücksicht auf deine Mam.«

»Ich glaube, ich werde froh sein, wenn das hier alles vorbei ist, Dad, und wenn wir das Café verkauft haben.«

»Du hast es versucht, Joe. Niemand kann dir vorwerfen, es nicht versucht zu haben.«

Joe fühlte sich plötzlich schrecklich müde und hungrig.

Zweiundfünfzig

Als Joe und Mam die High Street erreichten, gingen die Lichter wieder an, als sei die Straße soeben zum Leben erwacht.

»Hast du Hunger, Mam?«, fragte Joe, als sie die Küche betraten.

»Nein, danke«, sagte sie. »Ich geh nach oben und ruhe mich ein bisschen aus.«

Joe öffnete den Kühlschrank und sah die Wurst, die Marta ihm gegeben hatte. Er nahm sie heraus und schnitt sich eine Scheibe ab. Die Wurst schmeckte ihm gut, und ihm fiel ein, dass Marta gesagt hatte, je mehr Leute polnische und andere osteuropäische Lebensmittel mochten, desto besser wäre es für das Geschäft. »Wie italienisches Essen«, sagte er zu sich selbst.

Nach dem Essen ging er nach oben, um sich den Rest von Nonnos letztem Band anzuhören, aber als er in sein Zimmer kam, saß Mam dort vor dem Kassettenrekorder. Ihr standen Tränen in den Augen. »Mam. Was ist denn los?«

»Ich habe sie mir angehört, Joe. Die Bänder.«

»Sie sind großartig, nicht wahr?«

»Nein.«

»Nein?«

»Ach, natürlich sind sie das«, sagte sie. »Ich kannte die Geschichte, aber Nonnos Stimme auf den Bändern hat mich wirklich getroffen. Wahrscheinlich habe ich all die Jahre versucht, es zu verdrängen.«

Joe setzte sich neben sie. »Warum?«

»Es hat mich an die Bedeutung dieses Hauses erinnert, und das machte es schwerer, das Café zu verkaufen – ich konnte die Vergangenheit nicht austilgen. Ich wollte das nicht, nur hatte ich das Gefühl, es meinem Dad, meiner Mam und meinem Opa schuldig zu sein, das Café in Gang zu halten, nach allem, was sie durchgemacht hatten.«

Neue Tränen traten ihr in die Augen.

»Du hast das Café doch in Gang gehalten, Mam«, sagte Joe.

»Schon, aber sieh dir an, was passiert ist – es stirbt.«

»Aber das ist schließlich nicht deine Schuld, Mam. Nonno hat es selbst gesagt – die Leute bleiben heutzutage zu Hause, durch die Wirtschaftskrise und überhaupt.«

Sie schüttelte den Kopf. »Nonno wird morgen aus dem Krankenhaus entlassen, er ist noch immer sehr krank. Dein Dad wäre fast ums Leben gekommen und kann erst mal nicht arbeiten – wer weiß, wann das wieder möglich sein wird. Jetzt hängt alles an mir.«

»Und an mir«, sagte Joe. »Wir schaffen das schon, Mam, und wir verkaufen das Café doch, vergiss das nicht. Wir können einfach nur weitermachen, wie damals Nonno und seine Mam. Wir machen bis zum Ende weiter, es sei denn …«

»Es sei denn was?«

»Na ja … Ich hab da so eine Idee, Mam.«

Sie schloss für einen Moment die Augen. »Dann raus damit. Bringen wir's hinter uns.«

»Nicht hier, Mam.«

Er ging mit ihr nach unten ins Café.

Joe hielt es für den besten Ort, um es ihr zu sagen, deshalb machte er für sie beide ein warmes Getränk und sie setzten sich in eine Nische.

Als Joe seine Idee geschildert hatte, bereitete er sich darauf vor, sie Nein sagen zu hören. Sie sah nicht verärgert aus, allerdings auch nicht begeistert. »Es wäre für Nonno«, sagte er. »Nicht für uns oder für das Café, sondern für Nonno. Danach wird es verkauft und Schluss, aus. Aber wir gehen mit einem Paukenschlag!«

Mam starrte hinaus auf die High Street. Joe folgte ihrem Blick, doch er sah nur die Regentropfen, die über die Fensterscheibe liefen. »Ich weiß, Nonno hat für Mimis Reise hierher bezahlt«, sagte sie. »Deshalb weiß ich, dass er noch einen letzten Versuch machen will, und also werden wir es tun.«

»Es ist bloß so, Mam«, sagte Joe, »wir brauchen Mimis Hilfe.«

»Das weiß ich.«

»Aber sie hat jetzt doch einen Job in London.«

»Ich werde sie fragen, ob sie bereit ist, noch ein wenig zu bleiben und uns bei deiner Idee zu helfen«, sagte Mam. »Sie hat uns ja schon geholfen, ich bin da gar nicht blind. Ich wollte sie zuerst nicht hier haben. Sie ist so zuversichtlich – und ich meine jetzt nicht nur beim Kochen. Sie scheint sich durch nichts aufhalten zu lassen. Als ich in ihrem Alter war, habe ich nur herumgetrödelt – ich hatte keine Ahnung, aber sie ist umwerfend. Sie hatte recht mit dem Frühstück und dem Kaffee. Ich habe bloß widersprochen, weil ich mich bedroht fühlte. Blöd, wirklich. Ich habe mich sogar von Mr Malewski bedroht gefühlt – ich, die Enkelin eines Immigranten –, und dabei versucht er nur, seine Familie zu ernähren, genau wie damals mein Opa.«

Sie lächelte Joe an. »Und weißt du, als du neulich die Pasta gekocht hast …«

»*Puttanesca.*«

»Ja … da war ich neidisch.«

»Neidisch? Auf mich?«

»Ja, irgendwie schon«, sagte Mam. »Ich habe dir beim Kochen zugesehen. Du warst so vertieft. Ich habe mir Sorgen um dich gemacht.«

»Ich wollte doch, dass es gut schmeckt.«

»Hat es auch. Ich habe früher immer meiner Mam beim Kochen zugeschaut, aber ich habe mich nie getraut, sie zu bitten, dass sie es mir beibringt, nicht richtig. Und als Mam dann gestorben ist, hat Nonno die Küche übernommen. Es schien ihm großen Spaß zu machen, und da habe ich es ihm überlassen. Es war mir wahnsinnig peinlich, vor Mimis Augen irgendetwas kochen zu müssen.«

»Aber du kannst doch kochen, Mam.«

»Na klar – solange es nicht schwieriger ist als Fischstäbchen.«

»Ich liebe deine Fischstäbchen.«

»Ach was.«

»Doch! Das ist mein Lieblingsessen!«

Mam kniff die Lippen zusammen. »Danke, Lieber.« Sie küsste ihn. »Aber jetzt sag ich dir, was mir Sorgen macht.«

»Was denn?«

»Nicht, wie viel deine Idee uns kosten wird ...« Sie schaute ihm direkt ins Gesicht. »Was mir Sorgen macht ... ist, wenn das Café verkauft ist, werdet ihr es mir übel nehmen.«

»Nein, Mam«, sagte Joe. »Nonno sieht ein, dass das Café am Ende ist. Er macht weder dir noch irgendwem sonst Vorwürfe. Wenn es vorbei ist, dann ist es eben vorbei. Ich habe das jetzt verstanden.«

Mam nahm seine Hand. »Wir werden es tun«, sagte sie. »Es ist eine wunderbare Idee.«

»Danke, Mam«, sagte Joe. Er freute sich. »Und jetzt hören wir uns zusammen eine Oper an.«

»Aber nichts Deprimierendes, bitte.«

Joe stand auf und ging zum CD-Gerät. »Ich lege diesen Chor von

Verdi ein, den Nonno so gern hört, aus *Nabucco*. Der ist einfach wunderschön. Ach, und ich werde an Jamie schreiben, Ma.«

»Was für einen Jamie?«

»Jamie Oliver.«

»Wieso das denn?«

»Ich brauche einen Rat, Mam.«

»Na gut, von mir aus«, sagte sie. »Wenn du meinst, Joe.«

Dann begann der *Va pensiero*-Chor.

»Ach, das kenne ich«, sagte Mam. »Das ist wunderschön. Aber erzähl mir jetzt ja nicht, dass sie alle sterben müssen.«

»Nein, Mam – sie singen über ihre Heimat.«

Joe hielt Mams Hand und sie lauschten der wunderschönen Musik.

Dreiundfünfzig

»Ich bin froh darüber, dass du hierbleiben und uns helfen kannst, Mimi«, sagte Joe, als sie durch eine Gasse gingen.

»Ich möchte das gern«, sagte sie. »Es ist eine großartige Idee.«

Joe blieb vor einer Hintertür stehen. »Hier ist es.«

»Bist du sicher, dass das funktionieren wird, Joe?«

»Wenn er einverstanden ist, übernehme ich den Rest.«

Sie schlichen auf den Hinterhof. Dort lagen die Überreste von etlichen Boilern sowie einige Rohre herum. Joe konnte sehen, dass in einem Zimmer oben im Haus Licht brannte. Er hob einen Stein auf und warf ihn gegen das Fenster, dann duckte er sich hinter zwei Mülltonnen.

Nichts passierte.

Joe machte noch einen Versuch. Diesmal wurde der Vorhang geteilt und Combi öffnete das Fenster. Er grinste, als ob er gerade im Lotto gewonnen hätte. »Mimi!«

»Hallo, Combi«, sagte sie.

»Warum bist du nicht an die Vordertür gekommen?«

Mimi zögerte.

»Privatangelegenheit«, flüsterte Joe.

»Privatangelegen'eit«, flüsterte Mimi. »Es geht um Joe.«

»Ach«, sagte Combi. »Mit dem rede ich nicht mehr.«

»Weiß ich«, sagte Mimi. »Er hat mir erzählt, was er zu dir gesagt hat. Das war gemein, Combi.«

»Ja. Total uncool – uncool-*issimo!*«

Joe biss die Zähne aufeinander.

»Es tut ihm schrecklich, schrecklich leid, Combi«, sagte Mimi.

»Das ist ja wohl auch richtig so«, sagte Combi. »Ich meine, was mein Opa getan hat, hat doch nichts mit mir zu tun, oder was?«

»Nein.«

»Und wie der mich angepöbelt hat – total daneben.«

»Combi! Mit wem redest du da?«, rief eine Stimme aus dem Haus.

»Mit einem schönen Mädchen auf dem Hinterhof, Mam!« Er grinste Mimi an.

Joe stöhnte.

»Was war das?«, fragte Combi.

»Eine Katze, glaube ich«, sagte Mimi.

»Klang eher wie ein Hund«, sagte Combi. »Hat Joe dir erzählt, dass ich kochen kann?«

Joe kippte das Kinn runter.

»Nein«, sagte Mimi. »Du kannst kochen?«

»Aber klar doch! Ich bin *der* Superkoch«, sagte Combi. »Ich seh mir alle Kochsendungen an. Verstehst du – ich bin walisisch-afro-karibisch, also ess ich gern Cajunhähnchen, Kochbananen, und ... und walisischen Kuchen. Du musst mal abends zum Essen herkommen. Aber nur du.«

»Mach ich«, sagte Mimi. »Wenn du Joe verzeihst.«

»Da bin ich mir nicht sicher.«

»Nicht mal mir zuliebe, Combi?«

»Na gut. Wenn ich im Café ein Gratismittagessen mit dir kriege, Mimi – *nur* mit dir, und wenn es Joe wirklich, wirklich leidtut.«

»Das tut es«, sagte Mimi. »Und ja, ich mache dir ein Mittagessen. Aber jetzt muss ich gehen.«

Combi küsste seine Fingerspitzen und schwenkte sie für Mimi, und sie warf ihm einen Handkuss zu. Joe ging mit ihr vom Hof. Er hätte schreien mögen, wartete aber, bis er in sicherer Entfernung war.

Vierundfünfzig

Joe, Combi und Bonner standen vor der Empfangsdame.

»Stadtrat Morgan ist ein viel beschäftigter Mann«, sagte sie.

Joe fand sie ein bisschen hochnäsig. »Es ist wichtig.«

»Wichtig-*issimo*«, sagte Combi. »Das ist italienisch und bedeutet ›sehr wichtig‹.«

Joe zeigte auf ihn und Combi nickte. »Richtig.«

»Er sitzt gerade in einer Besprechung«, sagte die Empfangsdame.

»Wir können warten«, sagte Joe. Er drehte sich um und nahm in einem Sessel gegenüber dem Rezeptionstresen Platz. Combi und Bonner setzten sich neben ihn.

»Was hat die denn für ein Problem-o?«, flüsterte Combi. »Als ob wir nicht gut riechen.«

Joe sah ihn kurz an. »Danke, dass du mitkommst«, sagte er. »Du weißt schon ... nach allem, was passiert ist ...«

»Will nicht darüber reden«, sagte Combi. »Ich bin hier, und Schluss.«

»Also, es tut mir leid«, sagte Joe.

»Das sollte es auch.«

»Tut es mir doch auch.«

»Fies-*issimo*, das warst du.«

»Ich dachte, du willst nicht darüber reden?«, fragte Joe.

»Will ich auch nicht, aber du hast dich wie ein Arsch aufgeführt.«

»Hab ich auch.«

»Korrekt-*issimo*«, sagte Combi.

Bonner drehte sich zu Joe um. »Hat Mimi dir erzählt, dass ich bloß hier bin, weil sie mich darum gebeten hat?«

»Hat sie.«

»Die angehende Mrs Bonner, das sag ich dir.«

Joe bekam bei dieser Vorstellung eine Gänsehaut.

Combi beugte sich zu ihm hinüber. »Was hat er da gerade über Mimi gesagt?«

»Er hat nach ihr gefragt.«

»Wenn der wüsste ...«, sagte Combi.

»Wenn der was wüsste?«, fragte Joe.

»Das von Mimi und mir ... Ich freu mich schon auf mein Gratisessen mit ihr.«

Joe nickte steif.

»Ach, und nebenbei«, sagte Combi. »Wenn du dich mal wieder in meinem Hinterhof verstecken willst, dann zieh lieber keine Turnschuhe in Leuchtfarben an.«

»Alles klar«, sagte Joe. Er wollte das Thema wechseln und deshalb sagte er zur Empfangsdame: »Im *Café Morelli* gibt es jetzt auch Mittagstisch.«

»Wirklich?«, fragte sie, ohne aufzublicken.

»Köstliches Essen«, sagte Bonner.

»Köstlich«, sagte Combi. »Sogar noch besser als im *Chicken Box.*«

»Danke«, sagte Joe.

Die Empfangsdame schnaubte und griff zu ihrem Telefon. »Sie sind noch immer da«, flüsterte sie. »Nein ... drei Jungen.« Dann legte sie den Hörer hin und sagte: »Er erwartet euch.«

Stadtrat Rhys Morgan stand auf, als die Jungen sein mit Eiche getäfeltes Büro betraten.

»Immer ein Vergnügen, der heutigen Jugend zu begegnen«, sagte er und hielt jedem Jungen die Hand hin. Er lächelte, bis Bonner seine Hand drückte und ihm ein Wimmern entlockte.

»Also, was kann ich für euch junge Herren tun?«

»Die High Street stirbt«, sagte Joe.

»Stirbt«, wiederholte Combi.

»Ja, das ist ein trauriges Spiegelbild unserer Zeiten«, sagte der Stadtrat und schaute auf die Uhr. »Und natürlich ändern sich unsere Einkaufsgewohnheiten – Online-Großhandel, Online-Supermärkte ...«

»Richtig«, sagte Joe. »Aber die Menschen brauchen ein Zentrum, sonst sind Städte doch überflüssig, oder was? Wir könnten auch gleich in Hülsen leben und die Tür nur für Lieferungen öffnen. Keine Kommunikation, keine Gemeinschaft ...«

Joe konnte aus dem Augenwinkel sehen, dass Combi auf ihn zeigte und nickte. Der Stadtrat sah verwirrt aus. »Wir sind hergekommen«, sagte Joe, »weil wir versuchen wollen, etwas daran zu ändern.«

»Sehr gut«, sagte Stadtrat Morgan. »Ihr werdet es weit bringen.«

»Bald ist wieder Tag der Befreiung.«

»Ja«, sagte er.

»Wissen Sie, wann?«, fragte Bonner.

»Natürlich«, sagte der Stadtrat.

Joe, Combi und Bonner warteten. Das Grinsen des Stadtrats wirkte inzwischen etwas angespannt. »Sag du es.«

»Am 8. Mai.«

»Genau«, sagte der Stadtrat. »Ich wusste doch, es ist Anfang Mai.«

»Und ich dachte mir«, sagte Joe, »wir sollten diesen Tag auf irgendeine Weise feierlich begehen.«

»Gute Idee«, sagte Stadtrat Morgan. »Eine Parade von Kadetten und Pfadfindern – etwas in der Art?«

Joe war enttäuscht. »Nein, überhaupt nicht.«

Bonner schüttelte den Kopf. »Öde.«

»Öd-*issimo*«, sagte Combi.

»Ich hatte eher an ein Fest gedacht«, sagte Joe. »Ein Festessen für die vielen Kulturen, die wir hier in Bryn Mawr haben – um die Freiheit und das Ende der Unterdrückung zu feiern.«

»Wunderschöne Idee«, sagte der Stadtrat. »Auf dem Schulhof vielleicht? Ich kann dafür sorgen, dass ein paar Polizisten behilflich sind.«

Joe schüttelte den Kopf und Combi und Bonner taten es ihm nach. »Nein. Ein Straßenfest auf der High Street, abends, mit Fahnen, Lampions, Feuerwerk und Gratisessen.«

»Nett«, sagte Bonner.

»Gratisessen«, sagte Combi. »Mmmm.«

»Gratisessen?«, fragte der Stadtrat. »Und wer soll das bezahlen?«

»Na ja ... Sie ... der Stadtrat von Bryn Mawr«, sagte Joe.

Die Augen des Stadtrats wurden glasig.

»Ach, und ich glaube, wir müssten dann den Verkehr umleiten«, sagte Joe. »Es geht doch nicht, dass Autos und Busse vorüberfahren, wenn die Leute Köstlichkeiten aus aller Welt probieren.«

»Nein«, sagte Combi. »Keine Autos.«

»Das mit Fahnen und Feuerwerk gefällt mir«, sagte Bonner. Joe zeigte auf ihn und nickte.

»Faszinierend«, sagte der Stadtrat. »Du wirst es mal weit bringen, Joe.« Er schaute wieder auf seine Uhr. »Ich werde das einmal besprechen lassen. Aber, natürlich, bei allen Einsparungen ...« Er stand auf und führte sie in Richtung der Rezeption. »Wunderbar, euch kennenzulernen, Jungs, und ... ja, wirklich wunderbar.«

Er ließ sie stehen und ging durch den Flur davon.

Joe war düsterer Stimmung – gleich bei der ersten Hürde geschlagen.

»Der ist ein Arsch«, sagte Combi.

»Du hättest ihm ein Angebot machen müssen, das er nicht ablehnen kann«, sagte Bonner.

»Ja, hätte ich«, sagte Joe, und dann kam ihm eine Idee. »Stadtrat Morgan!«, rief er und rannte hinter dem Stadtrat her.

Der drehte sich um. »Ich muss jetzt wirklich los.«

»Aber es geht um Ihren Dad, Stadtrat Morgan«, sagte Joe. »Ich habe etwas ungeheuer Interessantes über Ihren Dad rausgefunden.«

Das Auge des Stadtrats zuckte.

Fünfundfünfzig

»Was soll das bedeuten, du willst unser normales Hähnchen nicht?«, fragte Mr Patel.

»Wir wollen Delikatessen aus Ihrer reichen indischen Kultur.«

Mr Patel schüttelte den Kopf. »Kein Interesse.«

»Moment mal«, sagte Combi. »Und was ist mit dem ganzen Geld, das wir im *Chicken Box* ausgegeben haben? Zählt das nicht?«

»Doch«, sagte Mr Patel und grinste schmierig. »Danke für eure Kundschaft.«

Bonner drehte sich zu den Kindern, die im Imbiss Schlange standen. »Alles klar! Raus allesamt!«

Die Kinder fuhren herum und rannten aus dem Laden.

»Halt! Halt«, sagte Mr Patel entsetzt. »Was soll ich tun?«

»Alle zurück«, brüllte Bonner.

Die Kinder stellten sich wieder zur Warteschlange auf.

»Alles muss frisch gekocht werden, aus frischen Zutaten«, sagte Joe zu Mr Ling.

»Frisch? Bei mir ist alles frisch!«

Joe lächelte. »Wirklich?«

»Hör mal, ich habe kein Interesse«, sagte Mr Ling.

»Ach«, sagte Joe. »Na, dann haben Sie sicher nichts dagegen, wenn Mr Patel seine Sachen hier vor dem Haus auslegt.«

»Patel?«, fragte Mr Ling. »Warum kann der das nicht vor seinem eigenen Laden machen?«

»Der ist zu weit die Straße hoch«, sagte Combi.

»Na gut«, sagte Mr Ling. »Wenn Patel mitmacht, dann mach ich auch mit.«

»Mein Essen gratis hergeben?«, fragte Mr Sadik. »Wieso denn?«

»Wir feiern den Tag der Befreiung«, sagte Joe. »Sie wollen doch nicht, dass die türkische Gemeinde hier in Verruf kommt, oder?«

Combi schüttelte den Kopf.

»Mr Malewski wird drei Tische decken. Drei!«, sagte Bonner.

»Okay. Wenn der mitmacht, dann ich auch. Drei Tische ... ha!«

»Nicht nur Kebab«, sagte Joe. »Ein bisschen Baklava wäre auch nett, zum Kaffee, meine ich.«

Mr Sadik runzelte die Stirn.

»Soll das ein Witz sein?«, fragte Mr Malewski.

»Nein«, sagte Joe. »Der Tag der Befreiung – das Ende des Zweiten Weltkriegs in Europa. Hat Ihr Dad nicht im Krieg gekämpft?«

»Nein. Zu jung.«

»Und sein Dad?«, fragte Bonner.

»Gratisessen! Irrsinn!«

»Warte«, sagte Marta zu ihrem Dad. »Hör doch zu.«

»Ich bin enttäuscht, Mr Mal«, sagte Joe. »Haben Sie den polnischen Abend denn so schnell vergessen?«

»Es geht ums Geschäft, Joe. Man darf kein Essen gratis ausgeben.«

»Was, wenn danach mehr Menschen osteuropäische Produkte gut finden?«, fragte Joe. »Überlegen Sie doch mal. Größeres Interesse. Größerer Absatz.«

»Ja!«, sagte Marta. »Gutes Geschäft.«

»Ich habe jede Menge Kunden.«

Marta stöhnte.

»Wenn Sie nicht mitmachen, Mr Mal«, sagte Joe, »dann werden Sie negative Aufmerksamkeit auf sich ziehen.«

»Was soll das heißen, ›negative Aufmerksamkeit‹?«

»Das Ordnungsamt«, sagte Combi. »Die fragen sich doch, warum macht Malewski beim Straßenfest nicht mit? Und dann denken sie, vielleicht hat er was zu verbergen. Verstehen Sie, was ich meine?«

Combi, Joe und Bonner nickten perfekt synchronisiert.

»Wir machen mit«, sagte Marta.

Sechsundfünfzig

Joe las seine Notizen noch einmal durch. »Das wird eine Mahlzeit mit drei Gängen.«

»Ja, Joe«, sagte Mam, die neben ihm und Mimi im Café saß.

»Der erste Gang besteht aus Kostproben aus aller Welt – indisch, türkisch, chinesisch, polnisch, russisch und noch viel mehr. Das liefern die Imbisse und Mr Mal. Der zweite Gang ist dann Nonnos Lasagne.«

»Nonnos Lasagne?«

»Ja. Alle mögen Lasagne«, sagte Joe. »Er hat mir im Krankenhaus das Rezept gegeben, aber wir servieren eine mit Spargel und eine mit Rinderhack *und* Schweinehack, weil ich jetzt weiß, dass echte Italiener das so machen.« Mimi nickte. »Ach, und die will ich kochen.«

»Du?«, fragte Mimi.

»Ja, mit eurer Hilfe natürlich.«

»Wird gemacht, Joe«, sagte Mam.

»Das bedeutet, dass du mit Mimi zusammen servierst. Geht das?« Mimi und Mam wechselten einen Blick. »Ja, Joe.«

»Und ich finde, wir sollten alle weiße Hemden und schwarze Hosen tragen.«

»Uniformen?«, fragte Mam.

»Dresscode«, sagte Joe. »Das sieht gut aus. Professionell, so treten wir dann auf.«

Sie verdrehte die Augen.

»Mam!«

»Ja, Joe. In Ordnung.«

»Als Nachtisch gibt es süße Pizza und selbst gemachtes *gelato.*«

»Süße Pizza!«, sagte Mimi. »Was ist das denn?«

»Combi hat mich auf die Idee gebracht – so irgendwie. Das ist Pizza mit süßem Belag«, sagte Joe. »Wir müssen das ausprobieren. Ich habe ein Rezept für normalen Pizzaboden gefunden, aber ich werde Zucker dazugeben und ihn mit Apfelscheiben, Banane und Kokosraspeln belegen.«

»Klingt gut«, sagte Mam.

Mimi verzog das Gesicht. »Warum nicht lieber *tiramisu* oder *panna cotta?*«

»Weil das hier etwas anderes ist«, sagte Joe. »Ich werde für das *gelato* die alte Eismaschine ausgraben. Nonno meint, die steht auf dem Dachboden.«

»Wenn sie noch funktioniert«, sagte Mam und griff zu Joes Gästeliste.

»Vaughan hat versprochen, sie sich mal anzusehen«, sagte Joe.

»Und Mam, ich finde, die Risse in den Sitzen müssten repariert werden. Ich habe mir einen Kostenvoranschlag von einem Polsterer machen lassen.« Er drehte seinen Zettel um und zeigte ihr die Summe. »Bitte, Mam! Es wäre doch schön, das alles richtig in Ordnung zu bringen.«

»Okay«, sagte sie mit einem Blick auf die Gästeliste. »Ich kann gar nicht glauben, dass Stadtrat Morgan auf deiner Liste steht.«

»Es ist erstaunlich, was man herausfinden kann, wenn man ein bisschen buddelt«, sagte Joe.

»Und er kommt wirklich?«

»Na ja ... ich hab ihm ein Angebot gemacht, das er nicht ablehnen konnte.«

»Du hast was?«

»Lampions und Fahnen werden angebracht, aber Feuerwerk konnte er nicht versprechen«, sagte Joe. »Ach, und er hat gesagt, er bringt jemanden vom *South Wales Echo* mit. Gute PR, Mam. Ich mach mich jetzt an die Liste und ruf bei allen an.«

Joe stand auf, aber dann fiel ihm noch etwas ein. »Oh ja, und wir müssen die Wände noch sauber machen.«

»Die Wände!«

»Ja, Mam. Die sind wirklich dreckig. Wir können sie selbst reinigen, oder?«

Mam schaute zu Mimi hinüber.

»Ja, Joe«, sagten beide.

Siebenundfünfzig

»Sieht aus wie normale Pizza«, sagte Mam, die in der Tür zum Café herumstrich.

»Ist ja auch der Sinn der Sache«, sagte Joe und legte die Apfel- und Bananenscheiben auf dem Pizzaboden zu einem Muster. Er schaute zu Mimi hinüber, die die Mundwinkel noch immer nach unten gezogen hatte. »Aber Geschmack ist wichtiger als Aussehen.«

Endlich streute Joe Kokosraspeln über die Obstscheiben. »Sieht aus wie geriebener Parmesan.«

Mimi lächelte und stellte die süße Pizza in den Backofen.

»Joe«, rief Mam. »Er ist da!«

Als Joe ins Café hinüberging, sah er draußen ein großes Auto. Er grinste. »Es hat funktioniert.«

Stadtrat Morgan stieg aus dem Wagen und posierte für ein Foto. Er betrat das Café zusammen mit einem Reporter, der sich Notizen machte. »Fantastisch«, sagte er. »Ein klassisches walisisch-italienisches Café.«

»Italienisch-walisisch, um genau zu sein«, sagte Joe.

Stadtrat Morgan wandte sich an den Reporter. »Sie müssen wissen, Joe kam mit seiner Idee zu mir, und ich wusste sofort, dass er da total richtiglag.«

»Ich bin vom *South Wales Echo*«, sagte der Reporter. »Darf ich dich fragen, Joe …«

Er wurde von einer Durchsage unterbrochen: *»Mr Dickens zu Dr. Foster, Raum 3.«*

»Was war das?«, fragte der Stadtrat.

»Da wird jemand zur Sprechstunde im Ärztezentrum aufgerufen«, sagte Mam.

»'tschuldigung«, sagte Mr Dickens und drängte sich an Stadtrat Morgan vorbei.

Joe fing gerade an, dem Reporter das System zu erklären, als Mam rief: »Bus nach Ponty.«

Einige Gäste sprangen auf und Stadtrat Morgan wurde von ihnen mit auf die Straße gedrängt. Joe erklärte dem Reporter noch immer, was an diesem Abend passieren würde, als der Stadtrat sich ins Café zurückkämpfte.

»Was sagen Sie dazu, Stadtrat?«, fragte ihn der Reporter.

»Wozu?«, fragte der und wischte sich den Anzug ab.

»Für die Kosten aufzukommen, die Mr Morelli und die anderen haben, dafür, dass sie heute Abend das Essen gratis servieren.«

»Mr Wer?«

»Mr Morelli«, sagte der Reporter und zeigte auf Joe. »Joe Morelli.«

Joe lächelte. »Eigentlich Joe Davis, geborener Morelli.«

»Äh, na ja ...«, sagte Stadtrat Morgan. »Natürlich möchten wir alles tun, was in unserer Macht liegt, um lokale Initiativen zu unterstützen ...«

»Heißt das ja?«

»Nein.«

»Ich hab das Gutscheinsystem schon fertig«, sagte Joe.

»Gutscheinsystem?«, fragte der Reporter.

»Leute, die Zeit haben, eben auch Arbeitslose«, sagte Joe, »können für gemeinnützige Arbeit einen Gutschein bekommen. Den können sie dann gegen eine Mahlzeit eintauschen.«

»Klingt fantastisch«, sagte Gwen. »Ich bin Rentnerin und wäre froh, wenn jemand in meinem Garten Ordnung schaffen könnte.«

»Ich würde es für zwei Gutscheine machen«, sagte Vaughan und stand auf.

Andere Gäste murmelten beifällig.

»Was sagen Sie dazu?«, fragte der Reporter den Stadtrat. »Ich finde, das klingt gut.«

Stadtrat Morgans Auge zuckte. »Ich muss erst mit ...«

»Dem Gemeinderat sprechen, ich weiß«, sagte Joe. »Und dann habe ich noch eine Idee für Gratiskochunterricht.«

»Gratiskochunterricht?«

»Ja«, sagte Joe. »Wir könnten die Ernährungsgewohnheiten der Leute von Bryn Mawr verbessern.«

»Gesunde Kost«, sagte Mimi.

»Wie das hier«, sagte Vaughan und hielt dem Stadtrat seinen Teller unter die Nase. »Das sollten Sie mal kosten! *Cannelloni con spinaci e funghi* – das bedeutet, mit Spinat und Champignons. *Buonissimo.*«

»Ganz meine Meinung«, sagte Gwen. *»Molto buonissimo.«*

»Hier riecht es ja köstlich«, sagte der Reporter. »Apfelstrudel, oder?«

»Nein, süße Pizza«, sagte Joe und drückte auf seinem Handy die Nummer des Cafés. Das Telefon klingelte und er stupste Mam an.

»Hallo«, sagte Mam ins Telefon. »Ach, einen Moment ... Joe, da ist Jamie.«

»Jamie? Welcher Jamie?«, fragte Joe.

»Jamie Oliver.«

»Sag ihm, ich hab zu tun, Mam«, sagte Joe. »Ich rede gerade mit Stadtrat Morgan.«

»War das wirklich Jamie Oliver?«, fragte der Reporter.

»Ja, aber der kann später noch mal anrufen«, sagte Joe. »Also, was heute Abend angeht ...«

Achtundfünfzig

Der Busfahrer hielt Joe zuerst für verrückt, aber nachdem er bei Stadtrat Morgan angerufen hatte, wurde beschlossen, dass die Busse nach sieben Uhr abends die High Street abriegeln und andere Autos durch die Seitenstraßen umleiten würden. Mr Malewski, Dariusz und Marta fingen an, einige Tische mit osteuropäischen Produkten zu decken, und Mr Ling, Mr Sadik und Mr Patel taten dasselbe mit Kostproben aus ihren Imbissen. Die Läden, die geschlossen hatten, ließen das Licht in ihrem Schaufenster brennen, um die Straße zu erhellen.

Mam und Mimi halfen Joe, das Essen für den Abend zuzubereiten, und Vaughan sah sich die alte Eismaschine an. »Scheint in Ordnung zu sein«, sagte er.

»Danke«, sagte Joe und bestrich die vier süßen Pizzen mit Honig. Er trat zurück und sah sie an, als ob er soeben ein Gemälde vollendet hätte.

»Die sind wunderschön«, sagte Mam.

»Hoffentlich schmecken sie so gut wie unser Testexemplar. Sie kommen in den Backofen, wenn wir den Hauptgang servieren. Und jetzt machen wir uns an die Lasagne.«

Joe gab das Fleisch zusammen mit Zwiebeln und Knoblauch in die Bratpfanne und würzte es.

»Und denk dran, Mam«, sagte er. »Nonno muss rechtzeitig hier eintreffen …«

»Ich weiß, ich weiß«, sagte sie.

In der Ferne grollte Donner. »Oh nein«, sagte Joe und schlug die Hände vors Gesicht. »Kein Regen. Nicht heute Abend, bitte!«

»Ruf mal bei Stadtrat Morgan an«, sagte Mam. »Vielleicht kann der etwas arrangieren.«

Mimi lachte.

»Sehr komisch«, sagte Joe. »Ach, Vaughan. Hast du die Lautsprecher aufgehängt?«

»Mach ich, sowie ich hier fertig bin«, antwortete Vaughan.

»Wofür brauchen wir Lautsprecher?«, fragte Mam.

»Für die Musik.«

»Die Musik?«

Joe ließ seine verblüffte Mam stehen und warf einen Blick ins Café.

All die scheußlichen mit Klebeband geflickten Stellen waren jetzt ordentlich mit rotem Garn repariert. Auf allen Tischen gab es Tischdecken, Kerzen und einen Überblick über das Menü und die Wahlmöglichkeiten.

Joe verspürte eine plötzliche Panik. »Was, wenn niemand kommt, Mam?«

»Das kostet doch nichts«, sagte sie. »Die Leute hier lassen sich bestimmt keine Gratismahlzeit entgehen.«

»Joe!«, rief Mimi. »Lass das Essen nicht allein!«

Er stürzte zurück in die Küche. »Entschuldige.«

Die Lasagnesoße war dick und rötlich und duftete wunderbar. Die Eismaschine stand auf dem Tisch und machte ein leises knirschendes Geräusch. Die beiden großen Lasagneformen waren ausgespült worden.

»Die haben sicher seit dreißig Jahren kein Tageslicht mehr gesehen«, sagte Mam.

Sie fingen an, die beiden Lasagnen vorzubereiten – eine mit Fleisch, eine mit Spargel. Sie legten Schicht auf Schicht, bis beide Formen voll waren. Joe verrieb über beiden Parmesan und schob sie in den Ofen.

»Puh …«, sagte Mam.

»Danke, Mam. Danke, Mimi«, sagte Joe. »Ich weiß das alles zu schätzen, und ich hoffe, den Gästen wird es auch so gehen.«

Mam küsste ihn, und im selben Moment wurde an der Tür geklopft.

»Joe!«, sagte Mam. »Da sind sie – die ersten Gäste.«

Gwen kam herein. Sie hatte sich in Schale geworfen, genauso wie

Vaughan und seine Mutter auch. Mam ging von Tisch zu Tisch und fing an, die Kerzen anzuzünden.

»Ach, wie schön«, sagte Gwen.

Joe sah von der Küche aus zu, wie immer mehr Gäste eintrafen und sich an den Tischen niederließen. Stadtrat Morgan saß mit seiner Frau in einer Ecke und hielt sich kerzengerade. Combi und seine Eltern teilten eine Nische mit Bonner und dessen Mam, die ihm kaum an die Schulter reichte. Niemand sagte etwas, und Joe spürte, dass sie sich alle noch nicht so richtig wohl in ihrer Haut fühlten.

Mam kam in die Küche. »Joe«, sagte sie. »Das wärs, die Gäste sind alle da.«

Joe trat ins Café. »Danke, dass Sie gekommen sind«, sagte er. »Diese Mahlzeit ist gratis, der Wein auch. Es ist eine Feier, und ich hoffe, Ihnen wird es schmecken.«

»Erzählst du uns jetzt endlich, warum du uns eingeladen hast?«, fragte Gwen.

»Bald«, sagte Joe. »Erst essen wir.« Er wählte auf seinem Handy eine Nummer. »Wir sind so weit.«

Nun tauchten Mr Malewski, Marta, Dariusz, Mr Ling, Mr Patel und Mr Sadik mit den Vorspeisen auf und boten sie den Gästen an.

Neunundfünfzig

Joe steckte ab und zu den Kopf durch die Tür, um zu sehen, wie es im Café lief. Es freute ihn, dass Mr Malewski, Marta und die anderen sich der Situation entsprechend verhielten und die Kostproben beschrieben, die sie aus ihren Ländern anboten.

Als das Hauptgericht gar war, plauderten die Gäste fröhlich miteinander.

Die beiden Lasagnen wurden in Vierecke zerschnitten und großzügig mit Parmesan bestreut. Joe sah voller Spannung zu, wie die Gäste sich darüber hermachten.

Das viele *Oooh* und *Aaah*, das er hörte, wirkte wie eine Mahlzeit auf einen leeren Magen, aber noch mehr fühlte er sich vom Anblick des Cafés voller Gäste berührt, die im Kerzenschein miteinander redeten.

»Mam«, sagte er, »komm mal mit.«

»Ich muss noch servieren, Joe.«

»Das schafft Mimi allein. Es dauert nur ein paar Minuten.«

Er nahm Mams Hand und ging mit ihr hinaus in die Seitenstraße.

»Wohin gehen wir?«

»Warte einfach ab.«

Sie erreichten die High Street und Joe führte Mam auf die andere Straßenseite. Er drehte sie zum hell funkelnden Café um. »Schau mal. Das musst du zugeben, Mam – es ist wunderschön.«

Sie zog Joe an sich und küsste ihn auf den Kopf.

»Das stimmt, Joe. Ich habe es bisher nur nie gesehen. Es ist wirklich schön.«

Sie sahen zu, wie Mimi von einem Tisch zum nächsten ging und wie sich die Gäste zufrieden in ihre Mahlzeit vertieften. Dann sah Joe, wie der Krankenwagen näher kam. Der Zeitpunkt war einfach perfekt.

Mam und Joe grüßten Nonno, als ihm aus dem Krankenwagen geholfen wurde, aus dem anschließend auch Dad ausstieg. Als sie das Café betraten, standen die Gäste auf und applaudierten.

»Willkommen zu Hause, Papà«, sagte Mam.

Nonnos Augen strahlten, als er die vielen Gäste ansah. Das Café war voll besetzt.

Sechzig

Joe sah von der Küchentür aus zu, wie die süße Pizza verteilt wurde. Jedes Stück war mit einer Portion selbst gemachter Schlagsahne bedeckt.

»Pizza zum Nachtisch?«, fragte Combi.

»Das ist süße Pizza«, sagte Mam.

Combis Augen leuchteten auf. Er schnitt sich als Erster ein Stück von seiner Pizzaportion ab und kostete. Dann verdrehte er die Augen. »Ach, köstlich. Heißer Apfel und Bananen.«

Joe lächelte und war stolz, als er zusah, wie die Gäste seinen neuen Nachtisch genossen.

»Bravo, Joe«, sagte Mimi. »Geniale Idee.«

Nonno nahm gerade hinter dem Tresen Platz, als Joe aus der Küche kam, um eine Runde Applaus in Empfang zu nehmen.

»Ich hatte ja versprochen, zu erklären, warum wir uns heute Abend alle hier versammelt haben«, sagte Joe. »Also, der Hauptgrund war, um die Rückkehr von Nonno zu feiern, oder von Beppe, wie ihr ihn nennt. Der andere Grund war, euch allen zu danken.«

Er zog die Liste hervor.

»Während des Krieges, im Jahre 1940, fuhr Nonno Waren für Mr Lewis, den Metzger, aus – das war Ihr Dad«, sagte Joe zu Mr Lewis. »Es ist lange her, aber Sie sind hier, weil Ihr Dad Nonno einen Job gegeben hat, als andere nichts mit ihm zu tun haben wollten.«

»Ich hatte gerade erst Laufen gelernt«, sagte Mr Lewis. »Aber ich erinnere mich noch.«

Nonno trank ihm zu.

»Gwen«, sagte Joe.

»Ja, was denn?«

»Als Nonno einmal Waren ausfuhr, wurde er von einigen Jungen überfallen, und Ihre Mam hat ihn gerettet. Sie hat sie zusammengestaucht und sie rannten weg.«

»Das hat sie gut gemacht«, sagte Gwen.

»Mrs Bonner und Tony«, sagte Joe.

Bonner wurde rot, als er sich umblickte.

»Euer Dad und Opa war bei der Polizei – Wachtmeister Williams.«

»Stimmt«, sagte Bonners Mam.

»Wussten Sie, dass er Nonno den Tipp gegeben hat, als die Armee seinen Dad festnehmen wollte?«

»Nein, das wusste ich nicht.«

»Na, so war es aber, und das hat Nonnos Dad genug Zeit zur Flucht gelassen. Wenn das herausgekommen wäre, hätte Mr Williams seinen Job verloren. Es war großartig von ihm. Danke.«

Mrs Bonner fing an zu weinen. »Aber, aber, Mam«, sagte Bonner und legte ihr so energisch die Hand auf die Schulter, dass sie zusammenzuckte.

»Vaughan!«, sagte Joe.

Vaughan stand auf und seine Mam zog ihn zurück auf den Stuhl.

»Dein Opa, Dai Gwynn, war Bergmann«, sagte Joe.

»Das weiß ich.«

Joe zeigte auf das Foto von Vito Morelli. »Dai hat meinen Uropa als Bergmann verkleidet zurück nach Bryn Mawr und in dieses Café geschmuggelt.«

»Wirklich?«

»Und nicht nur das, er hat Vito bei sich zu Hause versteckt, als die Armee ihn als feindlichen Ausländer festnehmen wollte. Dai Gwynn wäre auch verhaftet worden, wenn das herausgekommen wäre.«

Nonno zeigte auf Vaughan, und Vaughans Mam und Vaughan saßen vor Stolz kerzengerade da.

»Und jetzt seid ihr anderen an der Reihe«, sagte er zu den anderen Gästen. »Aber das kann Nonno euch erzählen.«

Er drehte sich zum Kassettenrekorder um und drückte auf »Play«.

Nach und nach wechselten sich in den folgenden Wochen und Monaten die Menschen in Bryn Mawr damit ab, Papà bei sich zu verstecken. Es war ein Geheimnis, das nur die teilten, auf die Verlass war. Ihnen war klar, dass er keine Gefahr darstellte und dass es unmenschlich wäre, ihn von seiner

Familie zu trennen. Alle paar Tage zog er in ein anderes Haus um. Jede Familie gab ihm zu essen und ein Bett, und so ging es mehr als vier Jahre lang. Er wurde nie gefasst, aber eines Tages schickte er mir einen Zettel – darauf stand ganz einfach: »Dai loro da mangiare«, *was bedeutet: »Gib ihnen zu essen.« Nur so konnte er ihnen danken …*

Joe hielt das Band an und wandte sich den Gästen zu. »Mein Urgroßopa ging von Haus zu Haus, um nicht festgenommen zu werden – zu mehreren Familien in Bryn Mawr; den Evans, den Morris – das war dein Urgroßopa väterlicherseits, Combi …«

Combi grinste.

»Den Thomas, den Matthews, den Zecchinis, den Cohens, den Llewellyns, den Morgans«, hier nickte Joe Stadtrat Morgan zu, der sich eine Träne aus dem Augenwinkel tupfte, »und den Davis«, sagte Joe. »Genau, Dad, sogar deine Großeltern waren dabei. Sie alle haben ihn abwechselnd aufgenommen. Sie haben ihn vor der Deportation gerettet, bis zum Tag der Befreiung 1945. Deshalb sind Sie alle hier. Wir wollten uns mit dieser Mahlzeit bei Ihnen und euch bedanken.«

Alles schwieg, dann begannen Joe, Nonno, Mam und Mimi, den Gästen zu applaudieren. Joe wählte ganz schnell eine Telefonnummer. »Jetzt wäre ein guter Augenblick«, sagte er ins Telefon.

Er schaltete das Radio ein und stellte den Sender auf einen besonders guten Empfang.

»Und nun, um den Tag der Befreiung in Bryn Mawr ganz besonders zu feiern«, kündigte der Sprecher an, *»hören wir jetzt Beppe Morelli mit seinen persönlichen Erinnerungen an diesen Tag …«*

Einen Moment lang war alles still, dann war Nonnos Stimme zu hören:

Am 8. Mai strömte alles in die Stadtmitte. Der Krieg war zu Ende. Freude und Erleichterung lagen greifbar in der Luft. Es war wunderschön. Aber der Augenblick, den ich niemals vergessen werde, ist der, als Papà ins Café zurückkehrte. Er kam hereinspaziert, einfach so, als ob er nur wenige Stunden weg gewesen wäre. Er war ein freier Mann und alle konnten das sehen. Er ging nach oben, wusch sich und zog sich um. Dann kam er zum ersten Mal seit über vier Jahren mit seinem weißen Kittel und seinem Hut ins Café herunter. Er wurde mit offenen Armen empfangen, und er trug niemandem etwas nach.

An diesem Abend passierte etwas sehr Schönes. Die Menschen spazierten durch das Zentrum von Bryn Mawr wie bei einer passeggiata. *Papà legte eine Schallplatte auf sein altes Grammofon. Es war der Chor* Va Pensiero *aus Verdis* Nabucco. *Er sang mit, und alle anderen stimmten ein, denn die Waliser kennen dieses Lied – es ist das Lied über die Heimat, die alle haben. Es ist ein wunderbarer Text:* Zieh, Gedanke, auf goldenen Schwingen, zieh und ruhe auf Fluren und Hügeln! Lass die Sehnsucht den Lauf dir beflügeln bis zu Zions Gebirge und Tal! …

Es war etwas ganz Besonderes, das zu sehen und zu hören. Die Lampen in den Läden schienen alle etwas heller zu leuchten. Papà machte das Essen. Er kochte und kochte, wie um die vielen verlorenen Stunden auszugleichen. Seine letzten Vorräte wurden aufgebraucht. Er gab allen etwas ab – er teilte alles.

Sie lauschten schweigend, bis der Sprecher sagte: »*Und wenn Sie jetzt in der High Street von Bryn Mawr vorbeischauen, dann findet dort ein Straßenfest statt. Und stellen Sie sich vor: Es gibt Gratisessen aus aller Herren Länder, bereitgestellt von den Ladenbesitzern in Bryn Mawr, um den Tag der Befreiung zu feiern, den Tag, der den Sieg gebracht hat. Und nun kommt der Chor aus Verdis* Nabucco, *der ja eben schon erwähnt wurde. Wir freuen uns, dass Sie wieder bei uns sind, Mr Morelli …*«

Die Musik setzte ein, aber sie erklang nicht nur im Café, sie erklang aus Lautsprechern auf der ganzen Straße. Der wunderschöne Chor erfüllte die abendliche Luft.

Joe nickte Stadtrat Morgan zu, und der sagte in sein Telefon: »Okay. Jetzt.«

Die draußen aufgehängten Girlanden mit Lampions wurden eingeschaltet – die High Street von Bryn Mawr leuchtete hell auf, und schon bald drängten sich überall die Menschen und probierten das Essen. »Sieh mal, Nonno«, sagte Joe. »Sie machen eine *passeggiata.*«

In Nonnos Augen glitzerten die Tränen.

Er tippte sich an die Brust und warf Joe eine Kusshand zu.

Einundsechzig

Es war schon spät an diesem Abend, als Joe sich mit Nonno, Mam, Mimi und Dad ins Café setzte, um den letzten Rest Wein zu leeren. Es regnete jetzt, aber noch immer funkelten die Lichter in der High Street.

»Diesen Abend werde ich nie vergessen, Joe«, sagte Mam. »Ich bin wirklich stolz auf dich.«

»Und ich auf dich, Mam. Und auf dich, Mimi«, sagte er.

»Ihr habt das zusammen gemacht«, sagte Nonno. »Ich bin stolz auf euch alle.«

Sie stießen an.

»Ach, übrigens, Joe«, sagte Mam. »Natalie hat mich wegen heute Abend etwas gefragt – ihr Dad war Johnny Corbett, ja?«

»Stimmt.«

»Und du hast sie eingeladen, weil du herausgefunden hast, dass Combis Uropa väterlicherseits einer von denen war, die Nonnos Dad während des Krieges versteckt haben?«

Joe starrte zur Decke hoch. »Tja.«

»Aber wie kann das möglich sein?«, fragte Mam. »Ich weiß, dass dein Uropa zwischen mehreren Familien hier im Ort herumgereicht wurde, aber ich bin ziemlich sicher, es war keine Familie dabei, die damals auf Jamaika lebte!«

»Ach, Joe«, sagte Nonno.

»Na ja, ich hatte ein schlechtes Gewissen, weil ich so gemein zu Combi gewesen war, und ich wollte nicht, dass er sich ausgeschlossen fühlte.«

»Aber was ist mit den anderen, Joe?«, fragte Mam. »Bitte, sag mir, dass sie wirklich alle …«

»Aber ja doch, die waren alle echt, versprochen«, sagte Joe. »Alles echte Verwandte von denen, die uns geholfen haben, abgesehen von Combi.«

»Ach, gut.«

»Und Stadtrat Morgan«, fügte Joe hinzu.

»Stadtrat Morgan?«, fragte Mam. »Seine Familie hat uns im Krieg also nicht geholfen?«

»Nein. Seine Familie kommt aus Nord-Wales.«

»Aber warum hast du ihn dann eingeladen?«

»Nun, ich dachte, wenn ich ihn deshalb einlade, dann kann er nicht Nein sagen.«

Mam verdrehte die Augen. »Ein Angebot, das er nicht ablehnen konnte.«

»Richtig. Und wenn er mitmachte, würde er doch nützlich sein.

Er hat den Verkehr umgeleitet. Die Beleuchtung besorgt. Den Reporter … Er war überaus nützlich.«

Joe hob die Augenbrauen.

Mimi, Mam und Dad starrten ihn an, und dann stieß Nonno ein seltsames Geräusch aus. Mam geriet in Panik und war bereits beim Telefon, um einen Rettungswagen zu rufen.

»Ist schon gut«, sagte Dad. »Ich glaube, er lacht.«

Nonno fing an, auf den Tisch zu schlagen. Er hatte Tränen in den Augen und schüttelte sich vor Lachen.

Mam drehte sich zu Joe um. »Du bist verrückt.«

Sie legte die Finger aneinander und schüttelte ihre Hand.

»Mam!«, sagte Joe. »Die italienische Tour!«

Sie küsste ihn und legte die Hände um sein Gesicht. »Joe. Du bist … *bellissimo*.«

Zweiundsechzig

Mimi wartete zusammen mit Joe, Mam, Vaughan, Marta, Bonner und Combi auf den Zug. Niemand sagte etwas. Als der Zug einfuhr, hatte Joe einen so dicken Kloß im Hals, dass er glaubte, er werde niemals wieder schlucken können.

»Danke für alles, Mimi«, sagte Mam, als sie sich umarmten.

Mimi drehte sich zu Vaughan um und küsste ihn auf beide Wangen. Er reichte ihr einen Blumenkohl und sagte: »Versprich mir, dass du uns besuchen kommst.«

»Versprochen.«

Marta hielt Mimi eine kleine Tüte hin. »Polnische Leckerbissen«, sagte sie. »Wir haben jetzt viele neue walisische Kunden, wegen gestern Abend. Gutes Geschäft.«

»Wiedersehn, Mimi«, sagte Combi. »Ich hab dir ein paar Schoko-Marshmallows für unterwegs mitgebracht.«

Sie küsste ihn und drehte sich dann zu Bonner um.

»Bryn Mawr wird ohne dich nicht dasselbe sein, Mimi«, sagte er.

»Ach, wie süß«, antwortete sie und küsste ihn auf die Wange.

»Niemand hat mich je ›süß‹ genannt«, sagte Bonner. »Außer meiner Mam.«

Am Ende drehte Mimi sich zu Joe um.

»Ich hoffe, eines Tages wirst du Giovanni finden«, sagte er. »Oder einen Giovanni.«

»Du bist wunderbar, Joe«, sagte sie, als sie ihn küsste.

Joe war sicher, dass er das Liebesduett aus *La Bohème* hörte, als er herausbrachte: »*Ciao*, Mimi.«

Der Stationsvorsteher pfiff und Mimi stieg in den Zug.

In der Tür wischte sie sich die Tränen ab und warf allen einen Handkuss zu. »*Ciao.*«

Sie winkten. »*Ciao*, Mimi.«

Der Zug fuhr aus dem Bahnhof.

Joe beschloss, dass er Züge hasste, denn wenn sie erst losgefahren waren, konnte man sie nicht mehr aufhalten.

Alle gingen schweigend zurück nach Bryn Mawr, und als sie die High Street erreichten, hatte es angefangen zu regnen.

Mam blieb stehen. »Joe«, sagte sie und starrte das Café an.

»Ja, Mam?«

»War das dein Ernst, dass du das Café übernehmen möchtest, wenn du mit der Schule fertig bist?«

»Aber du verkaufst es doch.«

»Beantworte einfach meine Frage.«

»Ja.«

»Es würde dir nichts ausmachen, jeden Tag acht Stunden hinter dem Tresen zu stehen?«

»Nein.«

»Und in mürrische Gesichter und auf eine leere High Street zu schauen?«

»Die sind nicht immer mürrisch und die High Street ist nicht immer leer.«

Mam hielt ihm die Hand hin. »Meinen Glückwunsch«, sagte sie. »Du bist der stolze neue Besitzer des *Café Morelli.*«

Als Joe ihre Hand nahm, dachte er noch immer an die Zugtüren, die sich hinter Mimi geschlossen hatten, aber als ihm aufging, was Mam ihm da angeboten hatte, brach er in Tränen aus.

»Was ist denn los?«

Er fiel ihr um den Hals. »Ich kann da nichts machen, Mam – ich bin Italiener.«

»Oh mein Gott«, sagte Mam. »Mir ist gerade etwas eingefallen, Joe.«

»Was denn?«

»Wir müssen den Mittagstisch fertig machen – ohne Mimi!«

»Panik-*issimo*!«

Joe und Mam stürzten in die Küche und rissen Kochtöpfe und Zutaten aus den Schränken. Immer wieder stießen sie miteinander zusammen, als sie das Essen vorbereiteten. Sie weinten beim Zwiebelschneiden. Sie zerbrachen Teller. Sie ließen Essen anbrennen

– und ihre Finger sowieso –, und sie vergaßen sogar, den Ofen einzuschalten.

»Alles in Ordnung?«, fragte Dad aus der Tür zum Café.

»NEIN!«, fauchten Joe und Mama wie aus einem Munde.

»Ich habe vier Bestellungen für die Pasta und zwei für die Suppe«, sagte Dad.

Joe schaute zu Mam hinüber und sah die Angst in ihrem Gesicht.

Es wurde an der Hintertür geklopft. »Ich mach das schon«, sagte Dad und ging an ihnen vorbei.

Er öffnete die Tür.

Draußen stand Mimi im Regen. »Ich will nicht nach London«, sagte sie.

»Oh«, sagte Mam.

Mimi schnupperte. »Irgendwas angebrannt?«

Mam drehte sich zu Joe um. »Irgendwas angebrannt, Joe.«

»Ja«, sagte er. »Und wie.«

»Soll ich helfen?«, fragte Mimi.

»Na ja … du kannst mal mit anfassen«, sagte Mam. »Und solange du hier bist, werde ich die Einkünfte für den Mittagstisch mit dir teilen, halbe-halbe. Und du kannst mir Kochunterricht geben.«

»Ja«, sagte Joe. »Ich will es auch lernen.«

Mimi ließ ihre Tasche fallen. »Okay. Los gehts.«

Dreiundsechzig

Das Café war voll besetzt, als der Mittagstisch serviert wurde.

Joe war noch nie in seinem Leben so glücklich gewesen. Die Patienten wurden regelmäßig in die Praxis gerufen und die Fahrgäste gingen im Café ein und aus. Manchmal beschlossen sie, sogar einen Bus später zu nehmen, um erst mal das Tagesgericht zu verzehren.

Mam stand am Herd und rührte in einem großen Kochtopf.

Nonno saß daneben und sah ihr zusammen mit Joe zu.

»Siehst du, wie dick das ist?«, fragte Mimi.

»Allerdings.«

»Es ist viel Flüssigkeit verdampft«, sagte Mimi. »Deshalb hat es einen starken Geschmack. Probier mal.«

Mam probierte. »Mmm, Joe. Probier du auch.«

»Köstlich«, sagte Joe.

Vaughan kam herein. »Dein Dad sagt, er ist so weit?«

»Ach, richtig.«

Nonno setzte Joe seinen alten Strohhut auf den Kopf und Mam zog ihm den Schlips gerade. »Du siehst großartig aus«, sagte sie.

»Danke.« Er ging hinüber in das geschäftige Café. »Hallo, Gwen.«

Sie lächelte. »Hallo, Joe. Du bist aber elegant.«

»Ja, allerdings«, sagte Vaughan, der hinter dem Tresen bediente.

»Alles in Ordnung hier?«, fragte Joe.

»Perfekt«, sagte Vaughan. »Gäste bedienen, plaudern, gratis Mittagessen und den Mindestlohn. Was will man da mehr – zufried*issimo* bin ich.«

Joe blieb stehen, um sich die Fotos anzusehen, die seinen Urgroßvater im Jahre 1929 und Nonno im Jahre 1953 vor dem Café zeigten. Dann ging er hinaus.

Er stellte sich mit verschränkten Armen vor dem Café auf. Dad schaute in die Kamera. »Du siehst ein bisschen ernst aus.«

Joe lächelte.

»Das ist besser. Okay. Bleib so.«

Da hatte Joe eine Idee. »Warte mal, Dad!«

Er lief zurück ins Café und hinter den Tresen, wo Mam stand.

»Was hast du vergessen?«, fragte sie.

Joe nahm ihre Hand. »Dich, Mam.«

»Nein, Joe. Schau dir doch an, wie ich aussehe.«

»Du siehst wunderbar aus.« Er ging mit ihr nach draußen und sie stellten sich zusammen vor das Café. Dad machte das Bild.

Es wurde schon am nächsten Tag gerahmt und im Café an die Wand gehängt – die dritte und vierte Generation der Leitung des *Café Morelli*.

Vierundsechzig

Joe und Combi waren außer Atem, als sie den Hügel hochmarschierten. Ganz Bryn Mawr lag ihnen zu Füßen. »Das ist bestimmt eine gute Stelle«, sagte Joe.

»Warum so weit weg?«, fragte Combi.

»Willst du etwa gesehen werden?«

Joe fing an, sich auszuziehen.

»Was machst du denn da?«, fragte Combi.

»Mich zum Laufen fertig. Was ist mit dir?«

»Was ist an meinen Klamotten denn auszusetzen?«

»Combi, wann hast du Usain Bolt zuletzt in Parka und mit einem Rucksack laufen sehen?« Combi zuckte mit den Schultern und befreite sich widerstrebend von Rucksack und Jacke.

Sie stellten sich nebeneinander auf. »Wir laufen auf das Straßenschild dahinten zu«, sagte Joe.

»Okay. Auf gehts. Achtung …«

»Nein! Das ist kein Wettrennen, Combi! Wir joggen, klar? Du musst dich erst mal locker machen.«

Joe versuchte, seine Zehen zu berühren, kam aber nur bis zu den Knien.

Combi sah zu.

»Du musst dich dehnen, Combi«, sagte Joe. »Sonst zerrst du dir was.«

»Hör mal. Tu, was du nicht lassen kannst, aber hör auf, mir Befehle zu erteilen.«

»Na gut. Straßenschild. Fertig? Los.«

Sie rannten los, aber schon nach wenigen Schritten lehnten sie sich aneinander und rangen um Atem. Danach sanken sie Seite an Seite an den Straßenrand.

»Ich glaube, ich sterbe«, sagte Combi.

»Weil wir gerannt sind«, sagte Joe. »Wir wollten doch joggen.«

Combi kroch zu seinem Rucksack. Er zog eine Colaflasche heraus.

»Oh, Combi«, sagte Joe.

»Das habe ich verdient. Ich bin kaputt-*issimo*.«

Joe kam auf die Beine und starrte auf Bryn Mawr hinab. Er konnte die High Street und das *Café Morelli* sehen. »Mam hat gesagt, ich darf mein Café anstreichen.«

Combi trat neben ihn. »Welche Farbe?«

»Blau, dachte ich.«

»Grün wäre besser – wärmer.«

Joe überlegte. »Grün wäre durchaus möglich.«

Er hörte ein Geräusch und drehte sich um. Zwei Mädchen jagten auf Fahrrädern den Hang hinab. Joe starrte das eine Mädchen an – sie war groß und kräftig und sah wütend aus. Als ihre Blicke sich begegneten, hörte Joe einen Donnerschlag. »*Pattacrack*«, sagte er.

Combi sah ihn an. »Was hast du gesagt?«

»Ich habe gefragt, wer sind die denn?«, antwortete Joe.

»Gemma Matthews und ihre komische Freundin, das Kuhmädchen.«

»Sie sieht nicht komisch aus«, sagte Joe, als sie ihre Jacken wieder anzogen.

»Weißt du, was mir jetzt schmecken würde?«, fragte Combi.

»Nein. Nicht das *Chicken Box*«, sagte Joe.

»Doch«, sagte Combi. »Komm schon.«

»Nein«, sagte Joe. »Aber ich könnte uns schnell eine süße Pizza machen.«

Combi schluckte. »Fein. Diesmal mit Schokobelag?«

»Nein«, sagte Joe. »Zu süß. Aber vielleicht mit Birnen oder Erdbeeren. Und weißt du, was – wir könnten sie in Dreiecke schneiden und die verkaufen. Dem *Chicken Box* eins auswischen – mit einer gesunden Zwischenmahlzeit.«

»Das würde Mr Patel gar nicht gefallen.«

»Freier Markt«, sagte Joe. »Geschäft ist Geschäft.«

»Kannst du das gleich machen?«

»Nur, wenn du kein Hähnchen mit Pommes kaufst.«

»Abgemacht.«

Joe legte Combi den Arm um die Schulter.

»Was ist mit deinem Arm?«

»Ich bin Italiener, Combi. Und du bist mein Kumpel – mein bester Kumpel.«

»Da hast du allerdings recht«, sagte Combi und legte seinerseits den Arm um Joes Schulter.

Es fing an zu regnen, als sie nach Bryn Mawr zurückgingen.

Joe schaute zu den grauen Wolken hoch und lächelte.

»*Bellissimo*«, sagte er.

Danksagungen

Ich bin Kate Wilson und den anderen von Nosy Crow sehr dankbar dafür, dass sie mein zweites Buch veröffentlichen, und besonders möchte ich Dom Kingston erwähnen, den Chef der Marketingabteilung, weil er so unglaublich tüchtig für mich Lesungen aus *Milchmädchen* in Schulen, Bibliotheken und Buchläden im ganzen Land organisiert hat.

Es war eine große Freude, ein weiteres Mal mit meiner Lektorin Kirsty Stansfield zusammenzuarbeiten – sie ist immer so enthusiastisch, geduldig und freundlich. Danke, Kirsty, und ich danke auch Fiona Scoble.

Außerdem weiß ich die zuverlässige Unterstützung meiner Agentin Claire Wilson und die von Lexie Hamblin sehr zu schätzen.

Besonderer Dank geht an Paulette Pelosi und David Evans, die mir sehr geholfen haben bei meinen Recherchen zu Italienern in Wales und zu der Tragödie der *Arandora Star.* Mein Dank gilt auch dem verstorbenen Colin Hughes für sein wunderbares Buch *Lemon, Lime and Sarsaparilla* über die italienische Gemeinde in Wales.

Ich danke Bethan Hughes, weil sie die walisischen Wörter in meinem Buch überprüft hat.

Ich danke meiner Schwester Barbara und meiner Lebensgefährtin Isabelle für ihre Hilfe bei den Pastarezepten.

Und dann möchte ich noch den vielen Bibliothekarinnen und Bibliothekaren in Abergavenny, Bedfordshire, Barnet, Barry, Cambridgeshire, Cardiff, Carmarthen, Cheltenham, Denbighshire, Gloucester, Heringey, Medway, Merthyr Tydfil, Oswestry, Penarth, Southend, Stroud, Suffolk, Swansea und Westminster danken, die Lesungen für mich organisiert und mich so herzlich willkommen geheißen haben. Ich komme nur zu gern mit diesem Buch zurück!

G. R. Gemin

Etwas zur Geschichte

Vito Morelli ist meiner Fantasie entsprungen, aber seine Erlebnisse beim Untergang der *SS Arandora Star* basieren auf einem tatsächlichen Ereignis, das mehr als 800 Menschenleben gekostet hat.

Ende Juni 1940 verließ die *SS Arandora Star* Liverpool mit internierten Italienern und Deutschen an Bord. Sie sollten nach Kanada gebracht werden. Am frühen Morgen des 2. Juli wurde das Schiff von dem Torpedo eines deutschen U-Bootes getroffen.

Es gibt unterschiedliche Angaben, aber es kamen mindestens 58 Mannschaftsangehörige, 17 Deutsche und 486 Italiener ums Leben. 53 von diesen Italienern hatten in Wales gelebt.

Viele der Überlebenden wurden zurück nach Großbritannien und auf die *HMT Dunera* gebracht, die nur acht Tage nach dem Untergang der *Arandora Star* nach Australien aufbrach. Die *Dunera* wurde ebenfalls von einem U-Boot angegriffen, konnte ihre Fahrt aber fortsetzen und Australien erreichen.

Gedenktafeln für die Opfer der *Arandora Star* sind zu sehen in der St.-David's-Kathedrale in Cardiff, in der St.-Peter's Italian Church in London, in der St.-Michael's Church in Birmingham, im Italienischen Klostergarten der St.-Andrew's-Kathedrale in Glasgow und am Pier Head in Liverpool.

In Italien gibt es Gedenkstätten in Barga und Bratto und eine Kapelle für die Opfer auf dem Friedhof von Bardi.

Zum Thema Oper

Oper ist seltsam, aber zugleich faszinierend, finde ich. Ich sage »seltsam«, denn wenn man noch nie eine Oper gehört oder gesehen hat, dann scheint sie vor allem davon zu handeln, dass Leute auf einer Bühne stehen und schreien. Vielleicht habt ihr schon einmal ein Musical gesehen, wie *Cats* oder *Oliver*, aber Opernsänger brauchen keine Mikrofone, weil ihre Stimmen dazu ausgebildet sind, lauter zu singen als normal. Es klingt umwerfend, aber es ist wirklich eine Art von kontrolliertem Geschrei – wie gesagt, seltsam.

Wenn ihr euch damit abfinden könnt, dass es absolut nicht realistisch ist, dann ist die Oper fantastisch, das könnt ihr mir glauben. Ich habe schon mit neun oder zehn angefangen, Opern zu hören. Man kann sich in dem Drama total verlieren. Wenn man es sich richtig überlegt, dann sind ein guter Film oder Zeichentrick ja auch nicht wirklich, aber das hält einen nicht davon ab, sie sich anzusehen und in der Handlung völlig aufzugehen.

Im 18. und 19. Jahrhundert gab es noch kein Kino, deshalb gingen die Menschen in die Oper oder ins Theater, wenn sie Unterhaltung wollten. Komponisten wie Mozart, Rossini, Verdi und Puccini komponierten Opern auf Grundlage von damals beliebten Büchern oder Theaterstücken – so wie heute, wenn beliebte Bücher wie »Harry Potter« verfilmt oder auf die Bühne gebracht werden. Die Handlungen einiger Opern sind albern, aber man muss im Hinterkopf behalten, dass sie zu einer Zeit geschrieben wurden, als die Menschen melodramatische Geschichten liebten (das bedeutet Geschichten, die um einiges übertrieben sind). Und ehrlich gesagt: Ich finde viele Soaps von heute auch ganz schön übertrieben.

Opern handeln fast immer von Liebe, aber auch von Tod und Mord. Ihr solltet euch also sorgfältig aussuchen, was ihr hören wollt – ich möchte ja nicht, dass ihr euch gleich beim ersten Versuch langweilt.

Wenn ihr meint, dass euch komische Opern gefallen würden, die leicht zu verstehen und angenehm zu hören sind, dann könntet ihr es mit Mozarts *Die Hochzeit des Figaro* (*Le Nozze di Figaro*) oder Rossinis *Der Barbier von Sevilla* (*Il Barbiere di Siviglia*) versuchen. Beide sind witzig und voll wunderschöner Musik.

Mein Lieblingsopernkomponist ist Giuseppe Verdi. Er wollte sein Publikum in Spannung versetzen und unterhalten. Man könnte sagen, er war so eine Art Steven Spielberg seiner Zeit. Verdi wollte Opern mit hohem Tempo, Drama und großartiger Musik komponieren. Wenn ihr also meint, seine Opern könnten etwas für euch sein, dann empfehle ich Verdis *Macbeth*, *Rigoletto*, *La Traviata*, *Aida* und *Otello*.

Auch Puccinis Opern sind großartig – voll hinreißender Musik, die bewegend und schön ist. Ihr könntet es mit *La Bohème* oder *Madam Butterfly* probieren (aber ich warne euch, die sind beide traurig), oder mit *Turandot*, einer Art Märchenoper.

Die meisten Opern werden auf Italienisch gesungen, deshalb müsst ihr vorher die Handlung lesen oder sie in einem Libretto verfolgen, in dem steht, was die Personen gerade sagen. Ihr könnt sicher auch Opernaufnahmen in eurer Sprache finden, aber um ehrlich zu sein, versteht ihr möglicherweise trotzdem nicht, was sie sagen. In der Stadtbücherei könnt ihr sicher Opern-CDs und -DVDs ausleihen, oder vielleicht könnt ihr auch feststellen, ob in eurer Nähe irgendwo Opern aufgeführt werden.

Ich hoffe, ihr macht einen Versuch.

Pastarezepte

Kochen kann großen Spaß machen und richtig zufriedenstellen. Es ist zudem viel billiger und gesünder, als fertige Mahlzeiten zu kaufen. Wie Mimi sagte, »eine Pastasoße ist einfach«, und nach diesem Grundrezept könnt ihr eine Menge verschiedener Soßen für Pasta herstellen.

Für eine einfache Tomatensoße (für 4 Personen) braucht ihr:

Eine Büchse zerteilter Eiertomaten (ihr könnt auch ganze Eiertomaten nehmen und sie mit einem Kartoffelstampfer zerdrücken). Vielleicht auch ein bisschen Tomatenpüree, das gibt es meistens in Tuben oder kleinen Büchsen.

Zwei Esslöffel Olivenöl oder einen Stich Butter

Eine halbe Zwiebel

Eine Knoblauchzehe

Basilikum – frisch oder getrocknet

Salz und Pfeffer

Die zerschnittene Zwiebel wird in Olivenöl oder Butter angebraten. Wenn sie weich wird, gebt ihr die zerteilten Tomaten dazu und lasst das Ganze auf kleiner Flamme kochen. Ich gebe gern einen Esslöffel Tomatenpüree dazu, um mehr Würze und Farbe zu erhalten, außerdem Basilikum, Salz und Pfeffer. Ihr müsst umrühren und die Soße dann zwanzig oder fünfundzwanzig Minuten lang köcheln lassen, bis sie dick geworden ist.

Das ist das Grundmodell für eine Pastasoße. Aber wenn ihr sie interessanter machen wollt, könnt ihr allerlei dazugeben. Zum Beispiel, wenn es vegetarisch bleiben soll, eine Tasse tiefgefrorener Erbsen – am besten, wenn die Tomaten seit vielleicht zehn Minuten kochen. Tiefgefrorene Erbsen tauen sofort auf, und dann habt ihr eine leckere Tomaten-Erbsen-Pastasoße.

Für die Pasta braucht ihr pro Person an die 80 Gramm Nudeln (und es kann jede Sorte sein, die ihr wollt, wie Spaghetti, Fusilli oder Rigatoni). Haltet euch an die Anweisungen auf der Packung, denn manche Pasta ist nach fünf Minuten gar, andere Sorten brauchen zehn oder fünfzehn Minuten im kochenden Wasser. Die Pasta ist fertig, wenn sie nicht zu weich und nicht zu hart ist, also *»al dente«*, wie Mimi sagt. Nachdem ihr das Wasser abgegossen habt, gebt ihr die Pasta zurück in den Topf, in dem ihr sie gekocht habt, damit ihr sie mit der Soße vermischen könnt. Serviert das Ganze in Schüsseln oder auf Tellern und streut geriebenen Parmesan darüber. Dann könnt ihr euch zum Essen um einen Tisch setzen und eure italienischen Gesten üben.

Hier sind einige andere Vorschläge:

Pasta Tonno ist köstlich und einfach. Stellt einfach die oben beschriebene Grundsoße her, dann nehmt ihr den Topf von der Platte und rührt eine Dose Thunfisch hinein (lasst nur vorher unbedingt Öl oder Wasser aus der Dose abtropfen).

Amatriciana: Wenn ihr Speck mögt, solltet ihr dieses Pastarezept ausprobieren. Ihr müsst dazu Speck zerschneiden – sagen wir, drei Scheiben Räucherspeck, oder nehmt Pancetta, das sind kleine Speckwürfel, die ihr in den meisten Supermärkten bekommt. Mit den Zwiebeln braten und dann abermals die oben vorgestellte Grundsoße zubereiten (ihr könnt sogar Erbsen dazunehmen). Aber ihr müsst auch frischen oder getrockneten Chili hinzufügen. (Passt nur auf, dass ihr euch nicht aus Versehen Chili in die Augen reibt, denn das brennt.)

Pasta Bolognese (das ist die mit Hackfleisch): Hierfür müsst ihr Zwiebeln mit etwa 500 Gramm Hackfleisch anbraten. Das Ganze etwa zehn Minuten braten lassen, bis das Fleisch braun geworden ist, und dann die oben vorgestellte Soße zubereiten. Diesmal muss sie allerdings viel länger kochen, an die 35 oder 40 Minuten. Und immer zwischendurch probieren, um festzustellen, ob mehr Salz nötig ist.

Rezepte für süße Pizza

In Italien gibt es eigentlich keine süße Pizza, oder wenn doch, dann nur als Erweiterung der normalen Pizza. Es gibt Rezepte im Internet, aber an sich sind die alle viel zu süß. Deshalb kommt hier ein einfaches Rezept für süße Pizza mit Apfelscheiben und Bananen.

Ihr braucht 250 Gramm Weizenmehl, Salz, Streuzucker, Olivenöl, Backpulver, Milch, 2 Äpfel und eine reife Banane. Ehe ihr mit der Arbeit anfangt, heizt den Backofen auf 200 Grad Celsius oder Gasstufe 6 vor.

Für den Pizzateig vermischt ihr die 250 Gramm Mehl mit einem Esslöffel Salz, 2 Esslöffeln Zucker und 3 Teelöffeln Backpulver. Macht in der Mitte des Mehls eine Mulde und gießt drei Esslöffel Öl hinein. Wenn ihr das alles verknetet, sieht es aus wie Brotkrümel.

Nach und nach gebt ihr 4 Esslöffel Milch und eine viertel Tasse Wasser hinzu, damit ihr einen Teig erhaltet. Der muss weich und nicht zu klebrig sein. Seid vorsichtig – das kann eine ziemliche Sauerei werden.

Verteilt einen Esslöffel Olivenöl auf einem Backblech und streut ein wenig Mehl darauf – damit der Pizzateig nicht am Blech klebt. Rollt den Teich so dünn wie möglich aus und verteilt ihn auf dem Blech. Vielleicht müsst ihr ihn vorsichtig mit den Fingern platt drücken, damit er das ganze Blech bedeckt. Es darf keine Löcher geben und er muss sehr dünn sein (falls ihr nicht lieber dickeren Pizzaboden esst – ich habe ihn gern dünn, damit man vom Belag mehr schmeckt als vom Boden).

Schält die beiden Äpfel und befreit sie vom Kerngehäuse, dann schneidet ihr sie in feine Scheiben. Schält die reife Banane und zerteilt sie ebenfalls. Lasst einen Rand von 1 cm an der Kante der Pizza und legt eine Schicht Apfel- und Bananenscheiben, bis es wie eine Pizza aussieht. Bestreicht den Rand mit etwas Milch und streut drei Esslöffel Zucker oder ein wenig Honig über die Pizza. Ihr könnt auch Kokosraspeln oder Zimt darübergeben. Am Ende bestreicht ihr sie noch mit Olivenöl.

Etwa 15 Minuten backen – es dauert nicht lange. Schneidet die Pizza in dreieckige Stücke und verzehrt sie heiß oder kalt. Ihr könnt euch auch eigene Beläge ausdenken – mit Birnenscheiben, Trauben oder Erdbeeren –, oder ihr könnt gemahlene Mandeln dazugeben. Ich bin sicher, euch fällt etwas Köstliches ein.

Im Internet gibt es jede Menge leckerer Rezepte zum Ausprobieren und aus vielen verschiedenen Kulturen.

Viel Glück, oder, wie Joe sagen würde: *»Tanti auguri!«*

Giancarlo